MW01132627

EIN FALL FÜR DICH UND DAS TIGER-TEAM

Fall 2
DER PFERDE-POLTERGEIST

Rate-Krimi-Serie von
THOMAS C. BREZINA

Illustrationen von
Naomi Fearn

Schneider Buch
EGMONT

© 2008 SchneiderBuch
verlegt durch EGMONT Verlagsgesellschaften mbH,
Gertrudenstraße 30–36, 50667 Köln
Alle Rechte vorbehalten
Titelbild und Illustrationen: Naomi Fearn,
Seite 136–149: Lorna Egan
Lektorat: Theo Butz
Umschlaggestaltung: hilden_design, München/www.hildendesign.de
Druck und Bindung: GGP Media GmbH, Pößneck
ISBN 978-3-505-12481-5

10 11 / 8 7 6 5 4 3 2

Komm ins Tiger-Team!

NAME: Patrick - stark wie ein Tiger

MEINE STÄRKEN: Früher war ich dick, heute habe ich Muskeln. Ich mag Fußball und Leichtathletik. Wenn's was zu lachen gibt, bin ich dabei.

MEIN GRÖSSTES PROBLEM: Ich bin nicht immer so mutig, wie ich tue.

DAS FINDE ICH SPITZE: Schulpausen, mein Kaninchen Benny, Fallschirmspringen, Pizza, Eistee, Witze und Streiche

DAS MACHT MICH WILD: unfaires Spiel und Schnarchnasen

MEIN MOTTO: Volle Fahrt voraus!

NAME: Biggi (eigentlich Birgit) –
schnell wie ein Tiger

MEINE STÄRKEN: Ich sammle alles,
und am liebsten nehme ich die Dinge
selbst in die Hand. Die Jungs sind
manchmal lahm (nicht weitersagen!).
Ich mache auch gerne Gedächtnistraining.

MEIN GRÖSSTES PROBLEM: Laut
Patrick und Luk ist es mein
Dickkopf. Den haben Nashörner
und Elefanten aber auch ☺!

DAS FINDE ICH SPITZE:
hippe Klamotten, Haselnusseis,
leckere Sachen kochen, Pferde,
tanzen, immer etwas zu futtern
dabeihaben

DAS MACHT MICH WILD: lahme
Jungs, Gejammer, zu kurze Ferien,
Erwachsene, die mich nicht ernst
nehmen

MEIN MOTTO: Locker vom Hocker,
aber trotzdem voll stark!

NAME: Luk (eigentlich Lukas) – schlau wie ein Tiger

MEINE STÄRKEN: Ich bin ein Computer-Freak und mag ferngesteuerte Sachen. Ich habe ein fliegendes Schwein konstruiert und baue die Ausrüstung für unsere Fälle.

MEIN GRÖSSTES PROBLEM: Um mich herum herrscht immer Chaos!

DAS FINDE ICH SPITZE: Hamburger, meinen Computer-Notizblock, den ich zu einem irren Ding aufgerüstet habe, meine Spezialtasche voller Tricks

DAS MACHT MICH WILD: Streit kann ich nicht ausstehen, Biggis Besserwisserei auch nicht (aber ihr nicht sagen!). Und wenn meine Mutter mein Zimmer aufräumt. Bitte nicht!

MEIN MOTTO: So lange versuchen, bis es funktioniert!

7

DEIN STECKBRIEF:

NAME:............................... – ....wie ein Tiger

MEINE STÄRKEN:.......................................
....
....

MEIN GRÖSSTES PROBLEM:.............................
....
....

DAS FINDE ICH SPITZE:.................................
....
....

DAS MACHT MICH WILD: ....
....
....

MEIN MOTTO: ....
....
....

8

Finde die heißen Spuren und löse die Tiger-Team-Fragen.

Lege danach den Decoder FLACH auf das graue Feld und drehe ihn langsam.

Teste gleich hier:

Manchmal ist der Decoder auch nützlich zum Suchen.

Wenn du Bilder mit diesem Symbol siehst, dann lege deinen

Decoder an dieser Stelle an und bewege ihn ganz gerade nach unten. In welchem Fenster taucht das Gesuchte auf? Und wo? Oben, unten oder in der Mitte des Bildes?

Nun gleich die erste Frage an dich:
In welchem Suchfenster findest
du das Fernglas?

Jede Menge nützliche Tipps und Trainings-
fälle findest du ab Seite 136.

Und nicht vergessen: Trage für jede richtige
Lösung einen Punkt auf deiner Fallkarte auf
Seite 134 ein!

Und jetzt geht's los!

DAS RASIERTE PFERD

„Er heißt Phantom und ist irre toll!", schwärmte Biggi. „Er ist kräftig, hat starke Muskeln und sieht einfach super aus!"

Ihre beiden Freunde vom Tiger-Team verdrehten die Augen. „Redet sie von Arnold Schwarzenegger?", fragte Patrick lachend.

„Natürlich nicht, ich rede von dem neuen Pferd auf dem Gestüt", rief Biggi empört. „Ihr müsst es euch unbedingt ansehen!"

Die Jungen rümpften die Nase und brummten: „Nein, danke! Kein Bedarf!"

Doch Biggi ließ nicht locker. „Es ist wirklich wichtig! Ich habe nämlich etwas Komisches entdeckt. Phantom wurde ohne Grund rasiert. Am Bauch. Ich meine, so etwas macht höchstens der Tierarzt, und der war es nicht", erzählte sie weiter. „Das kahle Stück ist ungefähr so groß wie meine Handfläche. Ich habe es durch Zufall beim Striegeln entdeckt."

Luk und Patrick bekamen einen Lachkrampf. „Ein rasiertes Pferd? Das gibt es doch gar nicht! Der Gaul leidet an Haarausfall. Sollte mal eins der tollen Shampoos ausprobieren, für die im Fernsehen immer geworben wird!", kicherten sie.

„Ihr Jungs seid echt zu nichts zu gebrauchen!", schimpfte Biggi. „Die Stelle wurde eindeutig mit Absicht rasiert, und wir müssen herausfinden, wieso und warum und wer das gemacht hat!"

Luk verzog spöttisch das Gesicht und witzelte: „Bestimmt hat sich das Pferd selbst rasiert, weil seiner Freundin das Fell am Bauch nicht gefallen hat!"

Wütend stampfte Biggi mit dem Fuß auf und zischte: „Ihr seid die dämlichsten Schrumpfköpfe, die ich kenne!"

Mit großen Schritten stürmte sie aus dem Geheimversteck des Tiger-Teams, das sich im Keller des China-Restaurants „Zum Goldenen Tiger" befand. Sie schlüpfte durch den versteckten Eingang und kam hinter einer großen Tigerstatue auf die Straße. Dort schnappte sie sich ihr Fahrrad und fuhr hinaus zum Gestüt, das sich am Rande der Stadt befand.

Auf dem Gestüt war es totenstill.

Biggi blickte sich suchend um. „Hallo … hallo … wo seid ihr alle?", rief sie, bekam aber keine Antwort.

„He, ist niemand da, oder was?" Kopfschüttelnd betrat sie den Stall und stellte fest, dass die meisten Pferde nicht in ihren Boxen waren.

„Wahrscheinlich sind sie gerade auf einem Ausritt", überlegte sie. Jetzt begriff sie auch, wieso kein Mensch auf dem Gestüt war.

Aber halt! Wieso waren die Boxen, in denen die übrigen Pferde standen, nicht ver-

schlossen? Außerdem schien irgendetwas die Tiere zu beunruhigen, denn sie tänzelten nervös hin und her. Sie hatten Angst, das war nicht zu übersehen. Aber wovor?

Biggi schluckte. „Ha…hallo … ist da nicht doch jemand?", rief sie noch einmal. Plötzlich hatte sie ein äußerst mulmiges Gefühl im Bauch. Doch wieder antwortete niemand.

Da knackte es hinter Biggi, und erschrocken fuhr sie herum. Mit weit aufgerissenen Augen starrte sie auf einen stacheligen Strohballen, der direkt auf sie zuflog. Er traf sie am Bauch und warf sie zu Boden.

In der nächsten Sekunde krachte die Stalltür zu, und ein wildes, lautes Pochen und Klopfen setzte ein. Die hölzernen Wände des Stalls dröhnten und bebten. Die Pferde gerieten in Panik und bäumten sich auf. Sie wieherten entsetzt und schlugen aus. Immer lauter und lauter wurde der Lärm.

Biggi war klar, dass sie sich in allerhöchster

Gefahr befand. Die aufgebrachten Pferde konnten sie niedertrampeln, sollten sie in ihrer Panik aus den Boxen stürmen.

Raus! Ich muss hier raus!, war ihr einziger Gedanke. Sie sprang auf und stürzte zur Tür. Aber die ließ sich nicht mehr öffnen. Biggi

zitterte am ganzen Körper und blickte sich suchend um. Das Fenster! Es war die einzige Möglichkeit. Da es sich nicht öffnen ließ, packte sie einen Eimer und stieß ihn in die Scheibe. Nachdem sie hastig die restlichen Splitter aus dem Rahmen gezogen hatte,

zwängte sie sich durch die kleine Öffnung und landete auf dem Pflaster des Hofes. Hier draußen war alles wie immer. Die Vögel zwitscherten. Von dem geheimnisvollen „Poltergeist" keine Spur.

Biggi zitterte am ganzen Körper. Zur Beruhigung musste sie erstmal etwas futtern. Sie holte ein Säckchen Haselnüsse aus der Tasche und schüttete sich die Kerne in den Mund. Noch während sie kaute, machte sie eine Entdeckung. Da war doch plötzlich etwas anders, oder nicht?

FRAGE AN DICH

Hat sich auf dem Hof etwas verändert?

EIN POLTERGEIST?

Biggi spürte es deutlich: Außer ihr befand sich noch jemand anders hier. Aber wieso zeigte sich der Unbekannte nicht? Sie wollte noch einmal rufen, doch über ihre Lippen kam kein Ton. Ihre Kehle war wie zugeschnürt. Irgendetwas stimmte nicht auf dem Gestüt.

Erleichtert stellte Biggi fest, dass im Stall wieder Ruhe eingekehrt war. Das Klopfen und Poltern war verstummt, und die Pferde hatten sich beruhigt.

Aber vielleicht ... hat sich eins der Tiere verletzt, fiel Biggi ein. Sie ging auf die Stalltür zu und entdeckte, dass der Riegel von außen vorgelegt worden war. Es hatte sie also jemand eingesperrt! Aber wer?

Soll ich noch einmal hinein oder nicht?, überlegte Biggi. Nein, lieber nicht, entschied sie und beschloss, den Tierarzt zu verständigen. Er musste sofort kommen und die Pferde untersuchen.

Biggi rannte über den Hof zu dem dreistöckigen Gutshaus. Die Eingangstür stand offen, und so gelangte sie ungehindert in das Büro des Pferdehofs.

Dort arbeitete normalerweise Frau Guttmann, aber heute war auch sie nicht da. Hastig suchte Biggi die Telefonnummer des Tierarztes heraus und wählte. Am anderen Ende der Leitung ertönte ein Freizeichen. „Bitte melden Sie sich", flehte Biggi leise.

Dann knackte es. „Hallo ... ist dort die Praxis von Dr. Schober?", rief Biggi in den Hörer, doch niemand antwortete. „Hallo ... hallo ... hier ist das Gestüt Guttmann!" Noch immer hörte Biggi nur ein Rauschen.

Plötzlich aber ertönte eine tiefe, rasselnde Stimme. Zuerst kicherte sie nur, aber dann brach sie in schallendes, hämisches Gelächter aus. „Was … Herr Doktor?", stammelte Biggi.

„Verschwinde … sonst droht dir Verderben!", krächzte die Stimme. Entsetzt ließ Biggi den Hörer fallen und rannte ins Freie. Dort versuchte sie erst einmal, kräftig durchzuatmen und sich zu beruhigen. Ihr Herz raste, und ihre Knie waren weich wie Pudding. Hier spukt es!, schoss es ihr durch den Kopf. Sie wollte sofort weg, aber sie konnte doch nicht einfach die Pferde im Stich lassen.

Während Biggi noch überlegte, sauste nur wenige Zentimeter vor ihrem Gesicht irgendetwas vorbei. Mit einem lauten Klirren schlug es auf dem Boden auf. Erschrocken presste sich Biggi gegen die Haustür und starrte auf den zerschlagenen Blumentopf, der neben

ihren Füßen lag. Zum Glück hatte er sie nicht
am Kopf getroffen. Das hätte eine böse Platz-
wunde geben können.

Vielleicht … vielleicht war … war das ein Zufall … Es … es fällt ja öfter mal ein Blumentopf vom Fensterbrett!, versuchte sie sich zu beruhigen.

FRAGE AN DICH

Kannst du beweisen, dass der Blumentopf nicht von oben gekommen ist? Lege den Decoder an.

DAS PFERDE–BERMUDA–DREIECK

Biggi hatte schreckliche Angst und wagte nicht, auch nur einen Schritt zu machen. Jede Sekunde konnte das nächste Unglück geschehen. Stocksteif blieb sie an der Tür stehen und überlegte fieberhaft, was sie tun sollte.

Doch da hörte sie zu ihrer großen Erleichterung das Klappern von Pferdehufen. Zuerst ritt Herr Guttmann auf den Hof, danach seine Frau. Ihr folgten kurz nacheinander zwei Mädchen, die Biggi schon öfter getroffen hatte. Sie hießen Dagmar und Nina. Aus einer anderen Richtung tauchte Marc, der Reitlehrer, auf, und als Letzter kam Konrad, der Stallbursche.

„Ich bin ja so froh, dass ihr zurück seid. Es war schrecklich hier!", rief Biggi. Erst jetzt bemerkte sie die betroffenen Gesichter der anderen. „Ist ... ist etwas los? Ist was passiert?", erkundigte sie sich, und ihre Stimme zitterte.

„Elke ist verschwunden. Mit Belladonna!", erklärte Herr Guttmann.

Biggi kannte beide. Belladonna war die schönste und wertvollste Stute des Hofs, und Elke war eine junge Frau, die vor wenigen Wochen begonnen hatte, Reitstunden zu nehmen. Sie wollte sich einen Kindheitstraum erfüllen und endlich reiten lernen, hatte sie Biggi erzählt. Allerdings stellte sie sich dabei sehr ungeschickt an. Warum sie auf Belladonna reiten durfte, hatte Biggi nie ganz verstanden.

Biggi erinnerte sich aber noch aus einem anderen Grund an die Frau. Sie hatte schon öfter die teuren und schicken Klamotten bewundert, die Elke trug.

„Aber … was heißt verschwunden?", wollte Biggi wissen.

„Sie ist mit uns ausgeritten und in der

Wolfsschlucht plötzlich verschwunden", berichtete Dagmar.

„Sie ist ein Stück hinter uns geblieben, weil sie noch nicht so sicher im Sattel ist", fügte Nina hinzu. „Ich habe die ganze Zeit Belladonnas Hufe klappern hören, doch auf einmal – mitten in der Wolfsschlucht – ist es dann still hinter mir geworden. Ich habe mich umgedreht, und Elke und Belladonna waren weg."

Biggi wusste, dass die Wolfsschlucht sehr eng war. Es war dort unmöglich, mit einem Pferd zu wenden und zurückzureiten. „Was … was habt ihr gemacht?", wollte sie wissen.

„Wir sind abgestiegen und zurückgelaufen", erzählte Dagmar. „Aber Elke war nicht mehr zu finden. Und Belladonnas Spur riss plötzlich ab. Wir sind daraufhin wieder zu unseren Pferden gerannt und bis zum Ende der Schlucht geritten. Was anderes blieb uns auch nicht übrig! Aber wir … verstehen das einfach nicht …"

Marc, der Reitlehrer, der erst seit kurzer Zeit auf dem Gestüt beschäftigt war, nickte zustimmend. „Es scheint, als hätte sich das Pferd samt Reiterin in Luft aufgelöst. Mir ist das Ganze ein Rätsel!"

„Marc und ich", warf Konrad ein, „konnten dann eine Viertelstunde später überhaupt nicht mehr in die Schlucht reiten, weil in der Zwischenzeit ein Baum umgestürzt ist und den Zugang versperrt. Wir mussten zu Fuß nach Elke suchen." Der Stallbursche schüttelte den Kopf. „Diese Schlucht war plötzlich …

wie verhext. Ich hatte ein ganz komisches Gefühl, als ich drin war. Denkt ihr, es gibt so etwas wie böse Flüche, die auf einem Ort liegen?"

Frau Guttmann, die eine sehr handfeste und praktische Frau war, tippte sich an die Stirn. „Blödsinn", brummte sie.

Marc war da anderer Meinung. „Wenn es dort mit rechten Dingen zugeht, wie erklären Sie sich dann, dass Belladonnas Spur so abrupt endet. Und wo ist das Pferd jetzt?"

Auf diese Frage wusste auch Frau Guttmann keine Antwort.

28

„Es wird doch da draußen kein Bermuda-Dreieck für Pferde geben!", meinte Konrad.

Bermuda-Dreieck? Biggi hatte schon einmal davon gehört. Das war ein Gebiet im Ozean, in dem schon zahlreiche Schiffe und Flugzeuge spurlos verschwunden waren.

Jetzt musste auch Biggi von ihren Erlebnissen erzählen. Sie hatte kaum damit begonnen, da sprang Frau Guttmann aus dem Sattel und hastete in den Stall, um nach den anderen Pferden zu sehen. „Zum Glück hat sich keins ernsthaft verletzt!", verkündete sie einige Minuten später erleichtert.

„Ich ... ich kann das alles nicht verstehen", murmelte Herr Guttmann. „Es kommt mir vor wie in einem schlechten Horrorfilm."

„Vielleicht wütet auf dem Gestüt ein Poltergeist", meinte Dagmar. Herr Guttmann verzog den Mund und brummte: „Quatsch!"

Biggi ahnte, dass es sich hier wohl um einen neuen Fall für das Tiger-Team handelte.

Komisch … mit der rasierten Stelle an Phantoms Bauch hat es angefangen, überlegte sie. Aber … ob dieser Poltergeist … das verschwundene Pferd und Elke … ob das alles zusammenhängt?

So schnell sie konnte, raste sie mit dem Fahrrad zum Geheimversteck des Tiger-Teams zurück.

Dort probierte Luk gerade ein neues
Computerprogramm aus, und
Patrick stemmte Gewichte.
Zu Beginn kicherten
die beiden nur,

WOLFSBRÜCKE
EINGESTÜRZT!

DIAMANTEN-
DIEBSTAHL
IN
AMSTERDAM
DIAMANTEN IM WERT VON
10 MIO GESTOHLEN

VERSCHÄRFTE KONTROLLEN
AN ALLEN GRENZEN SOLLEN
VERHINDERN, DASS DIE EDEL-
STEINE AUSSER LANDES GE-
SCHAFFT WERDEN KÖNNEN

RAUSCHGIFTRING
IN DER STADT??

SOLLEN
FERIEN
VERLÄN-
GERT
WERDEN

als Biggi aber fertig war, lachten sie nicht mehr. „Du hast völlig recht, da ist wirklich etwas faul", stellte Luk fest. „Wir müssen sofort etwas unternehmen. Es gibt zwei Plätze, die wir unter die Lupe nehmen sollten: das Gestüt und diese Wolfsschlucht. Wo fangen wir an?"

Das Tiger-Team entschied sich für die Wolfsschlucht. Sie wollten die Stelle, an der die Reiterin verschwunden war, noch bei Tageslicht untersuchen.

Biggi und Patrick holten sich rasch Frühlingsrollen aus dem

China-Restaurant, Luk packte seine Spezialtasche und sah auf der Landkarte nach, wie
sie am schnellsten zur Schlucht kommen
konnten.

Schließlich hatte er den besten Weg gefunden, und es konnte losgehen.

FRAGE AN DICH

Welcher Weg ist der kür-
zeste und schnellste?

TIGER-TEAM TIPP

Schau dich genau um!

GEFAHR VON OBEN

Mit den Rädern fuhren die drei Tiger zur Wolfsschlucht. Sie mussten dabei einen kleinen Umweg über die Sonnenbrücke in Kauf nehmen, da Biggi zum Glück in der Zeitung gelesen hatte, dass die Wolfsbrücke eingestürzt war. Ihr neuestes Hobby war es, interessante Geschichten aus Zeitungen auszuschneiden und zu sammeln.

Der Eingang in die Schlucht war immer noch von dem umgestürzten Baum versperrt. Deshalb mussten die Detektive ihre Fahrräder abstellen. Sie kletterten über den knorrigen Stamm und betraten das enge Tal, das links und rechts von steilen, kahlen Felswänden begrenzt wurde. Die Schlucht war verwinkelt und sehr tief. Wer sie betrat, kam sich wie eine Ameise vor, wenn er zu dem dünnen Streifen Himmel hinaufblickte, der oben zwischen den Felsen zu sehen war.

Da es vor wenigen Tagen stark geregnet hatte, war der lehmige Boden des Wegs noch immer weich. Die Abdrücke der Hufeisen waren deshalb genau zu erkennen.

Die drei Detektive verfolgten die Spuren und untersuchten sie genau. „Also ich kann nichts Verdächtiges erkennen", stellte Patrick schließlich fest.

„Die Mädchen, die mit auf dem Ausritt waren, haben erzählt, dass Elke als Letzte geritten ist", erinnerte sich Biggi. „Es muss ein kleiner Abstand zwischen ihr und den anderen entstanden sein. Als sich Nina irgendwann umgedreht hat, war Elke weg. Sie sind dann zurückgelaufen, haben sie aber nicht mehr gefunden!"

Die Sonne war bereits untergegangen, und es dämmerte. Ein kühler Wind fegte durch die Schlucht, und ein schauriges Heulen erhob sich.

Patrick fröstelte. „Wieso ist es plötzlich so kalt? Es ist doch erst Ende August! Und wer heult da? Sind das wirklich Wölfe?"

Biggi konnte ihn beruhigen: „Hier ist es immer kalt. Auch im heißesten Hochsommer!

Das Heulen entsteht, wenn der Wind über die zerklüfteten Felsen streicht. Daher hat die Schlucht auch ihren Namen."

„He! Kommt her … ich habe etwas entdeckt. Ich glaube, ich weiß jetzt, wohin Elke mit Belladonna verschwunden ist", rief Luk und winkte aufgeregt. Neugierig liefen die beiden anderen zu ihm. Plötzlich aber rieselte von oben Sand herab, dem kleine Steinchen folgten.

Patrick hob den Kopf. Am oberen Rand der Schlucht, genau über ihnen, stand eine dunkle Gestalt und stemmte sich mit aller Kraft gegen einen Felsbrocken. Sie wollte ihn auf die Tiger stürzen.

„Rennt weg!", rief Patrick, aber Biggi und Luk waren wie gelähmt vor Schreck und rührten sich nicht von der Stelle. Kurz entschlossen packte ihr Freund sie um die Taille und riss sie unter einen Felsvorsprung.

Keine Sekunde zu früh!

Mit einem dumpfen Knall krachte ein mächtiger, beinahe mannshoher Fels auf den Weg und zerbarst in tausend Trümmer. Einige Sekunden verstrichen, ohne dass einer der Tiger ein Wort herausbrachte.

Luk bekam als Erster den Mund wieder auf. „Das … war knapp!", keuchte er und wischte sich den Schweiß von der Stirn. Der Felsbrocken war fast genau auf dem Platz gelandet, wo Luk eben noch gestanden hatte.

„He! Lass mich endlich runter!", rief Biggi und strampelte mit den Beinen. Verlegen grinsend stellte er sie wieder auf den Boden.

Die drei Tiger blickten einander zutiefst erschrocken an und schluckten heftig.

„Da … da gefällt es jemandem gar nicht, dass wir uns hier umsehen", meinte Luk.

„Wer … wer war das? Wer hat den Fels auf uns runtergestürzt?", wollte Biggi wissen, aber keiner der Jungen konnte ihr diese Frage beantworten.

Patrick wagte es, den Kopf aus ihrem Versteck zu strecken und einen Blick nach oben zu riskieren. Erleichtert stellte er fest, dass die schwarze Gestalt verschwunden war.

„Hauen wir ab … oder wollt ihr noch sehen, was ich entdeckt habe?", fragte Luk.

„Abhauen? Niemals!", schnaubte Biggi. „Genau das wollte der Mistkerl, der den Steinschlag ausgelöst hat, doch erreichen. Patrick, du hältst nach dem Irren Ausschau und warnst uns, falls er wieder auftaucht."

Luk führte Biggi zu der Stelle, die er vorhin untersucht hatte.

„Schau dir die Hufspuren mal genau an. Sie stammen von Elke und den anderen beiden Mädchen", erklärte er.

Biggi nickte und meinte: „Aber da endet plötzlich eine Spur. Das muss Elkes Pferd sein. Sieht so aus, als wäre es fortgeflogen. Oder vielleicht ist es von einem Helikopter entführt worden."

Luk verdrehte die Augen, und es war ihm deutlich anzusehen, was er dachte: So ein Quatsch mit Soße. Er holte tief Luft und sagte oberlehrerhaft: „Jetzt sieh doch einmal genau hin. Fällt dir nichts auf?"

FRAGE AN DICH

Fällt dir etwas auf?

TIGER-TEAM TIPP

Wenn du es nicht herausfindest, lege den Decoder an.

41

DER ERSTE VERDACHT

Biggi stopfte sofort eine Portion Traubenzucker in den Mund, damit ihre Gehirnzellen alle voll in Schwung kamen. Sie hasste es, wenn sie nicht den Durchblick hatte. Diesmal war ihr Luk weit voraus.

„An dieser Stelle enden eigentlich zwei Pferdespuren. Das sieht jeder, der genau hinschaut", erklärte er lässig. „Und was schließen wir daraus?"

Biggi sah den Jungen herausfordernd an. „Ja, was schließen wir daraus?"

Luk putzte heftig seine Brillengläser. Ein Zeichen, dass er angestrengt nachdachte. „Ich … ich habe auch nur so eine Idee, und die klingt ziemlich verrückt", meinte er.

„Schieß schon los!", forderte Biggi ihn auf.

„Biggi, kann ein Pferd eine längere Strecke rückwärts gehen?"

Biggi nickte. „Es ist allerdings ziemlich

schwierig, und nur sehr geübte Reiter kriegen das hin."

„Dieses Spuren-Wirrwarr ist möglicherweise ein Zeichen dafür, dass Elke einen alten Agenten-Trick angewendet hat", erklärte Luk und beugte sich über seinen Computer-Notizblock, um eine Zeichnung auf den Bildschirm zu kritzeln.

Biggi wurde langsam ungeduldig. „Kannst du endlich deutlicher werden?", knurrte sie.

„Elke hat das Pferd angehalten und ist dann rückwärtsgeritten. Verstehst du, das fällt keinem auf, der sich die Spur nicht sehr genau ansieht. Die Hufabdrücke sehen ja nach wie vor so aus, als wäre jemand vorwärtsgeritten."

Biggi nickte beeindruckt. „Sag mal, gehst du in eine Art Fitness-Center fürs Gehirn?"

Luk grinste stolz.

„Aber ... wozu hat diese Elke das gemacht?", wunderte sich Patrick.

„Zweifellos wollte sie unbemerkt abhauen und ihre Spuren verwischen. Vielleicht um das Pferd zu stehlen", überlegte Biggi laut. „Belladonna ist sehr wertvoll."

„Wahrscheinlich war Elke es auch, die den Fels in die Schlucht gestoßen hat", meinte Patrick. „Ich finde, wir sollten jetzt besser verschwinden."

„Ja, aber wir verfolgen noch die Spur von Belladonna, als sie rückwärtsgelaufen ist", meinte Luk. „Auf die Weise müssen wir sie ja finden."

Die anderen stimmten zu. Während Patrick den Rand der Felsen hoch über ihnen nicht aus den Augen ließ, um mögliche neue Gefahren sofort zu entdecken, beschäftigten sich Biggi und Luk nur mit der Spur.

Bald hatten sie den umgestürzten Baum er-

reicht, den Luk sofort von allen Seiten über-
prüfte. „Der Baum muss umgefallen sein,
nachdem Elke die Schlucht rückwärts wieder
verlassen hatte", vermutete er.

Patrick winkte ab. „Der ist nicht zufällig
umgestürzt. Das war geplant. Er sollte die
Suche nach Belladonna erschweren."

Plötzlich schnippte Biggi heftig mit den
Fingern und rief: „He, mir ist auch gerade etwas eingefallen. Elke ist eine Betrügerin. Es
stimmt gar nicht, dass sie nicht reiten kann.
Ich wette, sie hat nur Stunden genommen,
um Belladonna stehlen zu können!"

FRAGE AN DICH

Woran erkennt Patrick, dass der Baum nicht zufällig umgestürzt ist? Wieso hat Elke gelogen?

Für jede richtige Antwort bekommst du einen Punkt!

DECODIEREN

DER FALL WIRD IMMER RÄTSELHAFTER

Biggi rasten tausend Gedanken durch den Kopf. „Glaubt ihr, der Poltergeist hat etwas mit dem gestohlenen Pferd zu tun?", fragte sie ihre Tiger-Freunde. Luk zuckte die Schultern. „Ehrlich gesagt, habe ich keine Ahnung. Ich glaube allerdings, dass es keinen Poltergeist gibt und dir deine Fantasie einen Streich gespielt hat, Biggi!"

Missmutig verzog Biggi den Mund. Sie konnte es nicht leiden, wenn die Jungs sie als Dummkopf hinstellten.

„Ende … aus! Hier endet die Spur!", meldete Luk kurz darauf und stand etwas ratlos vor einer riesigen Pfütze, die den gesamten Weg bedeckte. Biggi schob ihn zur Seite und begann, die Büsche und den Boden der Umgebung zu untersuchen. „Irrtum, Lukas!", verkündete sie spöttisch. „Elke hat die Pfütze nur genutzt, um die Spur zu verwischen. Außerdem ist die Schlucht hier so breit, dass sie das Pferd wenden konnte. Dann ist sie über diesen Strauch gesprungen und ganz normal weitergeritten. Tja, wie gut, dass wir Mädchen nicht so schnell aufgeben wie ihr Jungs!", fügte sie triumphierend hinzu.

Zum Glück sah Biggi nicht, wie sich Luk und Patrick hinter ihrem Rücken an die Stirn tippten und einander Blicke zuwarfen, die sagen sollten: „Lass sie nur plappern!"

Allerdings waren die Jungs sehr froh, dass sie durch Biggis Entdeckung die Spur von Belladonna und Elke doch noch weiter verfolgen konnten.

Nach etwas mehr als zweihundert Metern stießen sie auf den Eingang zu einer Höhle. „Sollen wir ... sollen wir reingehen?", fragte Patrick die anderen zögernd und ärgerte sich gleichzeitig, dass er so ängstlich reagierte.

„Na klar. Gehen wir rein, was sonst?",

knurrte Biggi. Vorsichtshalber hob Patrick noch einen knorrigen Holzprügel auf. Wer weiß, was uns im Inneren alles erwartet, dachte er.

„Von jetzt an kein Wort mehr", mahnte Luk flüsternd. „Falls sich jemand da drin versteckt, soll er uns nicht kommen hören."

Leise schlichen die drei in die Höhle. Nach ein paar Schritten blieben sie stehen, damit sich ihre Augen an die Dunkelheit gewöhnten. Luk holte aus seiner Spezialtasche eine Taschenlampe und stellte sie so ein, dass sie nur einen kleinen Lichtkegel warf. Geschickt ließ er ihn über die grauen Felsen gleiten. Doch es war nichts Auffälliges zu entdecken.

„Kommt!", flüsterte er seinen Freunden zu. Mit eingezogenen Köpfen und jederzeit auf einen herabstürzenden Felsen oder einen heimtückischen Angreifer gefasst, drangen sie immer tiefer in die kühle Höhle vor. Jeder ihrer Schritte hallte schaurig durch den Felsengang. Am liebsten wären die drei Tiger wieder umgekehrt, denn inzwischen hatte alle die Angst gepackt.

Plötzlich drang aus der Ferne ein leises Schnauben zu ihnen. Belladonna schien tatsächlich in der Höhle zu sein. Das Tiger-Team fasste neuen Mut und ging weiter. Nach ungefähr dreißig Metern verbreitete sich der Gang, und sie betraten einen mindestens fünf Meter hohen Raum, der von mehreren Fackeln erhellt wurde. Und dann sahen sie auch Belladonna. Unruhig tänzelte das edle Pferd hin und her.

Bevor sich die Tiger zu der Stute wagten, schauten sie in jeden Winkel, ob sich nicht irgendwo jemand versteckt hielt. Aber sie konnten niemanden entdecken.

„Und jetzt?", flüsterte Biggi.

„Jetzt nehmen wir das Pferd und bringen es zu seinen Besitzern zurück", erklärte Luk.

Patrick legte warnend den Finger auf die Lippen. „Pssst … ich glaube … es ist jemand in der Nähe. Jedenfalls war vor ein paar Minuten noch jemand da."

Ungläubig schaute Luk seinen Freund an: „Unsinn, wie kommst du darauf?"

FRAGE AN DICH

Wie kommt Patrick auf diesen Verdacht? Lege den Decoder an.

DER GEHEIMGANG

„Aber … ich kann niemanden entdecken",
wisperte Biggi und schlich geduckt durch die
Höhle. Sie spähte in alle Felsnischen. „Da …
seht euch das an!", zischte sie plötzlich.

Als Luk und Patrick näher kamen, erkannten sie eine Öffnung in der Decke, aus der ein
dickes Tau mit vielen Knoten herabhing.
„Scheint ein geheimer Ausgang nach oben zu
sein!", vermutete Luk.

„Einer von uns muss raufklettern und
nachsehen, was dort oben ist", flüsterte Biggi. „Aber Vorsicht! Wer auch immer da oben
steht, hat bestimmt auch den Felsbrocken in
die Schlucht gestürzt. Ich … ich tippe auf
Elke."

„Wer soll klettern?", fragte Patrick.

Luk und Biggi zeigten gleichzeitig mit dem
Finger auf ihn.

Für Patrick war es eine Kleinigkeit, sich

Knoten für Knoten nach oben zu hangeln. Schließlich war Sport sein Hobby, und er war sehr durchtrainiert.

Er seufzte tief, denn er war von der Idee ganz und gar nicht begeistert. Trotzdem packte er das Seil und kletterte geschickt hinauf.

Bald tauchte über seinem Kopf eine kreisrunde Öffnung auf, durch die er den schwarzen Nachthimmel sehen konnte. Er hielt inne und lauschte. Aber er vernahm nur das Säuseln des Windes. Sonst war nichts zu hören.

Patrick hielt den Atem an, während er vorsichtig seinen Kopf durch die Öffnung ins Freie steckte. Erschrocken zuckte er zurück. Nur zehn Schritte von ihm entfernt stand jemand. Es war eine Frau in Reitkleidung, die in jeder Hand eine eingeschaltete Taschenlampe hielt. Das musste Elke sein!

Einige Sekunden später wagte der Tiger einen zweiten Blick.

„Mist, wieso antwortet er nicht?", hörte er sie leise schimpfen. Dann schaltete sie die Taschenlampen aus. Am Knirschen ihrer Schuhe erkannte er, dass sie sich entfernte.

Hastig kletterte Patrick wieder am Seil hinunter und erzählte Biggi und Luk, was er beobachtet hatte.

Luk hatte gleich eine Erklärung parat: „Es könnte sein, dass sie jemandem Lichtzeichen gibt. Das bedeutet, sie hat irgendwo in der Nähe einen Komplizen."

Biggi erkannte sofort ihre Chance. „Kommt! Elke ist beschäftigt, da können wir mit Belladonna abhauen."

Geschickt band sie das Pferd los und führte es an den Zügeln aus der Höhle. Luk und Patrick folgten ihr dicht auf den Fersen. Luk war mit der Aktion nicht wirklich einverstanden, denn Elke konnte nun entkommen.

Als sie nur noch ein kleines Stück vom Gestüt der Familie Guttmann entfernt waren, drehte sich der Junge um und blickte in die Richtung, aus der sie gekommen waren. Wie der zackige Rücken eines schlafenden Drachen zeichnete sich die Silhouette des Berges gegen den Nachthimmel ab. Plötzlich aber machte Luk eine überraschende Entdeckung. Hastig kramte er seine Video-Kamera aus der Spezialtasche und begann zu filmen.

„Komm weiter, wieso bleibst du stehen?", brummte Biggi ärgerlich.

„Elkes Lichtzeichen", flüsterte Luk. „Sie blinkt in diese Richtung. Ich nehme sie auf und versuche später, sie zu übersetzen."

Nach einer Weile erloschen die Lichter, und das Tiger-Team setzte seinen Weg zum Gestüt fort.

Als Biggi die Stute wenig später in den Stall führte, kam ihr ein aufregender Gedanke. Vielleicht hatte Elke einen Komplizen auf dem Gestüt. Die Lichtzeichen könnten eine Nachricht an ihn sein!

Die Guttmanns waren überglücklich, die wertvolle Stute zurückzubekommen, und versprachen Biggi als Belohnung ein ganzes Jahr lang Gratis-Reitstunden. Als Biggi danach Luk und Patrick ihren Verdacht mitteilen wollte, musste sie die beiden erst einmal suchen.

Sie fand die Jungen hinter dem Stall, wo sie die Köpfe über Luks Computer-Notizblock zusammensteckten. Luk hatte bereits die gefilmten Lichtsignale auf den Bildschirm gezeichnet und vermutete, dass es sich um sogenannte Flaggenzeichen handelte.

„Statt Fahnen hat Elke Taschenlampen benutzt", erklärte er.

„Und? Kann dein Computer das denn übersetzen?", fragte Biggi ungeduldig.

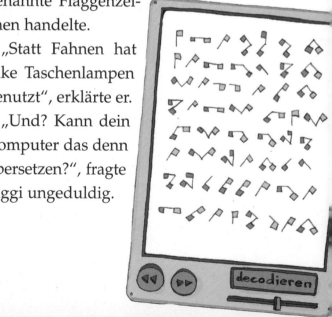

Luk schüttelte den Kopf und holte eine Karte aus seiner Tasche. „Der Computer nicht. Das müssen wir schon selbst machen. Hier ist das Flaggenalphabet."

FRAGE AN DICH

Wie lautet die Botschaft?

TIGER-TEAM TIPP

Auch du hast das Flaggenalphabet in deiner Tiger-Team-Tasche.

NACHTWACHE

„Alles erledigen? Was kann damit gemeint sein?", überlegte Biggi laut.

„Ich habe einen Verdacht", begann Luk. „Ich glaube, Belladonna sollte nicht wirklich entführt oder gestohlen werden."

„Nicht? Was denn dann?", wunderte sich Patrick.

„Die ganze Aktion mit dem Pferd, das sich in Luft auflöst, hat nur dazu gedient, alle Leute vom Hof wegzulocken", fuhr Luk fort. „Irgendjemand hat hier etwas vor, wobei er nicht gestört werden will. Heute Nachmittag ist ihm Biggi in die Quere gekommen, und er hat alles Mögliche versucht, um sie in die Flucht zu schlagen."

„Wie wäre es, wenn wir heimlich hier übernachten, aber niemandem auf dem Hof etwas davon sagen?", schlug Patrick vor. „Vielleicht können wir Elkes Komplizen auf die Spur kommen? Irgendwann muss er sich ja mal aus der Deckung wagen."

Die anderen Tiger waren einverstanden. Patrick lief zum China-Restaurant zurück, um ihre Schlafsäcke zu holen. Biggi rief die Eltern der Tiger an. Sie schwindelte ihnen etwas von einer Überraschungs-Party auf dem Reiterhof vor und kündigte an, dass sie erst am nächsten Morgen nach Hause kommen würden. Da Ferien waren, hatten die Eltern nichts dagegen.

Es war bereits kurz nach zehn Uhr, als Patrick, Luk und Biggi in die Scheune schlichen und über eine Leiter nach oben auf den Heuboden kletterten. Dort machten sie es sich im Heu bequem und besprachen, was sie nun unternehmen wollten.

„Bevor ich denken kann, brauche ich erst mal was zu futtern", verkündete Biggi, als sie entsetzt bemerkte, dass ihre Fressvorräte zu

Ende gingen. „Bin gleich wieder da", versprach sie und verschwand über die Leiter in der Tiefe.

Biggi wusste immer und überall, wo es etwas zu essen gab, und schlich zielsicher durch die Dunkelheit auf das Gutshaus zu. Die Küche befand sich auf der Hinterseite und hatte einen eigenen Eingang, der nie abgesperrt war. Erstaunt stellte Biggi fest, dass Frau Guttmann vergessen hatte, das Licht auszumachen. Sparsam wie sie war, passierte ihr das eigentlich nie. Biggi holte zwei Tafeln Schokolade aus einem Schrank und wollte gerade wieder gehen, als sie Schritte auf dem Gang hörte.

Zum Verschwinden war es zu spät. Deshalb schlüpfte Biggi schnell in die Speisekammer, zog die Tür hinter sich zu und hielt die Luft an. Sie wollte nicht unbedingt dabei erwischt werden, wie sie die Schokoladenvorräte der Guttmans plünderte.

Die Küchentür wurde geöffnet und gleich darauf wieder geschlossen. Bestimmt ist das Frau Guttmann, die das Licht ausschaltet, dachte Biggi. Aber sie irrte sich. Das Licht brannte weiter, und aus der Küche drang ein leises Klappern. Biggi warf einen Blick auf ihre Armbanduhr und stutzte: schon halb elf. Die Guttmanns schliefen normalerweise um diese Zeit längst. Aber wer geisterte dann durchs Haus?

Biggi versuchte, durchs Schlüsselloch zu spähen, aber der Schlüssel steckte von außen. Wieder ging die Tür, dann kehrte Ruhe ein. Biggi wartete einige Sekunden, bevor sie sich aus der Speisekammer wagte. Nichts wie weg, dachte Biggi, als sie ihr Versteck verließ und zur Hintertür lief. Doch noch einmal blickte sie sich in der Küche um, weil sie herausfin-

den wollte, was der nächtliche Besucher hier gewollt hatte.

Zu essen hat er sich nichts geholt, stellte sie fest. He … Ich glaube, ich weiß jetzt, was er gemacht hat!

FRAGE AN DICH

**Was hat der
Unbekannte gemacht?**

DIE RÜCKKEHR DES POLTERGEISTES

„Was sagt ihr dazu?", fragte Biggi, nachdem sie in die Scheune zurückgekehrt war.

Luk polierte seine Brille und grübelte auf Hochtouren. „Mir fällt einiges dazu ein. Erstens, die Guttmanns haben eine Telefonanlage im Haus. Die Gruselstimme, die du am Nachmittag gehört hast, kam einfach von einer Nebenstelle. Zweitens, jemand wollte telefonieren, scheint aber niemanden erreicht zu haben. Sonst hättest du das Gespräch belauschen können."

Biggi lutschte ein Stück Schokolade nach dem anderen. „Dann gibt es vier Verdächtige: Herrn und Frau Guttmann, Marc, den Reitlehrer, und Konrad, den Stallburschen. Sonst wohnt keiner in dem Haus."

Während Luk unruhig in seiner Spezialtasche kramte, kam Biggi noch eine Idee: „Vielleicht ist einer der Guttmanns oder Marc oder Konrad heimlich von der Suchaktion am Nachmittag abgehauen und zum Gestüt zurückgekommen, um hier ungestört irgendwas zu machen. Aber dann bin ich aufgetaucht. Deshalb hat er diesen Spuk veranstaltet. Danach ist der Typ wieder verschwunden, um kurz darauf so zu tun, als würde auch er gerade von der Suche zurückkehren. Alle vier sind nämlich aus verschiedenen Richtungen und einzeln hier eingetroffen."

Biggis Überlegung klang sehr logisch, fanden die Jungs.

Endlich hatte Luk gefunden, wonach er suchte. Er hielt einen Super-Mini-Kassettenrekorder in die Höhe, der die Größe einer Zündholzschachtel hatte, und erklärte: „Dieses Ding schaltet sich automatisch ein, wenn jemand etwas sagt, und nimmt es auf. Wir verstecken es in der Küche in der Nähe des Telefons. Vielleicht bekommen wir auf diese

Weise heraus, wer da telefoniert und was er vorhat!"

Biggi fand die Idee super und übernahm die Aufgabe, das kleine Gerät zu verstecken. Direkt über dem Telefonapparat befand sich ein Gewürzbord, und sie schob den winzigen Recorder hinter die Salz- und Pfefferstreuer.

Nachdem Biggi zurück auf dem Heuboden war, beratschlagten die Tiger, was sie sonst noch unternehmen konnten.

Gerade als Patrick etwas sagen wollte, ertönte ein scharfes Kratzen außen an der Scheunenwand. Die drei erstarrten vor Schreck.

Ratsch! Ratsch! Wieder schabte etwas Hartes, Spitzes über die Holzwand. „Was ist das?", hauchte Patrick. Biggi und Luk verzogen die Gesichter. Sie hatten keine Ahnung.

Ratsch! Ratsch! Ratsch! Das Schaben wurde schneller und lauter. Die Herzen der drei Tiger schlugen ihnen bis zum Hals. „Was sollen wir machen?", wisperte Biggi, aber sie erhielt keine Antwort. Die Jungen waren ratlos.

Ratsch! Ratsch! Ratsch! Ratsch! Das Schaben schien die Wand nach oben zu kriechen. Die drei Detektive drängten sich dicht zusammen und starrten ängstlich auf die Scheunenwand.

Einige Sekunden vergingen, aber nichts geschah mehr. Das schaurige Kratzen war verstummt. Als es eine Minute lang ausblieb, atmete das Tiger-Team erleichtert durch.

Doch sie hatten sich zu früh gefreut. Plötzlich schwang knarrend die Scheunentür auf, um in der nächsten Sekunde wieder krachend ins Schloss zu fliegen. Luk, Patrick und Biggi spürten, wie ihre Herzen rasten.

Peng! Die Tür war abermals auf und wieder zugeflogen. „Fa…fa…falls da jemand reingekommen ist … ist er wieder gegangen", stammelte Patrick hoffnungsvoll.

Wieder warteten die drei atemlos und wagten vor Angst und Anspannung nicht, sich zu bewegen.

Minuten verstrichen, die ihnen wie Stunden vorkamen. Schließlich meinte Luk: „Entwarnung … das war sicher nur … der Wind!"

Patrick schüttelte heftig den Kopf: „Wi… Wind? Heute weht doch nicht das leiseste Lüftchen!"

Plötzlich zerriss ein lautes Krachen die Stille.

Vor Schreck schrien die Tiger laut auf und sprangen hoch. Der Holzboden unter ihnen bebte heftig. Irgendjemand schien von unten mit einem schweren, harten Ding dagegenzuhämmern.

Die Schläge wurden immer wilder, und plötzlich splitterte das Holz neben ihnen. Luk leuchtete nach unten, und Biggi schrie entsetzt auf. Nur eine Handbreit von ihrem Fuß

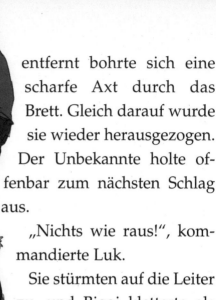

entfernt bohrte sich eine scharfe Axt durch das Brett. Gleich darauf wurde sie wieder herausgezogen. Der Unbekannte holte offenbar zum nächsten Schlag aus.

„Nichts wie raus!", kommandierte Luk.

Sie stürmten auf die Leiter zu, und Biggi kletterte als Erste hinunter. Augenblicklich verstummten die Schläge, und es kehrte wieder diese unheimliche Stille ein, die nichts Gutes verhieß.

Die Jungen folgten Biggi schnell, und gemeinsam stolperten die drei – ohne sich lange umzusehen – aus der Scheune in die Nacht.

74

„Seht nur … dort … beim Gutshaus!", keuchte Patrick aufgeregt.

Biggi und Luk erkannten eine dunkle Gestalt mit einem silbernen Metallkoffer. Der Unbekannte leuchtete mit einer starken Taschenlampe auf den Koffer und schien ihn zu untersuchen. „Schnell! Schnappen wir ihn uns!", rief Biggi, und die drei Tiger sprinteten los, als wäre eine Meute bissiger Hunde hinter ihnen her.

Die dunkle Gestalt blickte auf, erschrak, klemmte den Koffer unter den Arm und ergriff die Flucht.

Das Tiger-Team blieb dem Unbekannten dicht auf den Fersen. Bestimmt hatte er etwas mit dem seltsamen Spuk zu tun, sonst wäre er nicht sofort davongelaufen. „Stehen bleiben!", brüllte Biggi, aber der Typ mit dem Koffer dachte gar nicht daran.

Luk fiel zurück. Laufen war nicht seine Stärke. Auch Biggi ging bald die Puste aus.

Nur Patrick blieb der fliehenden Gestalt auf den Fersen.

Einmal drehte sich der Unbekannte um und warf einen Blick auf seinen Verfolger. Danach schien er sein Tempo etwas zu verlangsamen.

Komisch … wieso tut er das?, überlegte Patrick. Ob er selbst auch schlappmacht?

Die Jagd führte immer weiter weg vom Gestüt der Guttmanns. Hatte der Typ mit dem

Koffer ein Ziel, oder lief er einfach nur davon?

Damit seine Freunde die Spur nicht verloren, ließ Patrick in gewissen Abständen ein Kleidungsstück fallen.

„Wenn das noch lange dauert, ist er bald splitternackt!", keuchte Biggi, die bereits Patricks Jacke, seine beiden Schweißbänder, die er um die Handgelenke trug, sein T-Shirt und zuletzt seine Schuhe aufgehoben hatte.

„Psssst!", zischte es in diesem Augenblick neben ihnen, und zwei starke Arme zerrten Luk und Biggi hinter eine große Mülltonne. Patrick war dort in Deckung gegangen. „Der Typ knackt gerade ein Schloss. Er will in das Haus da drüben einbrechen", flüsterte er den anderen zu.

Biggi hob den Kopf und sah, wie der Unbekannte im schwachen Schein einer Straßenlaterne an einer Metalltür herumwerkelte.

„Wo … wo sind wir hier? Was ist das für ein Haus?", fragte Luk leise. Als Antwort bekam er nur ein zweistimmiges „Psssst!".

Luk wollte unbedingt herausfinden, wo sie sich befanden. Deshalb zog er seinen Computer-Notizblock aus der Tasche und tippte auf das Feld „Landkarten". Er hatte auch einen Plan der Stadt und ihrer Umgebung eingespeichert, den er nun abrief und genau betrachtete. Luks gutes Gedächtnis leistete ihm wieder einmal hervorragende Dienste.

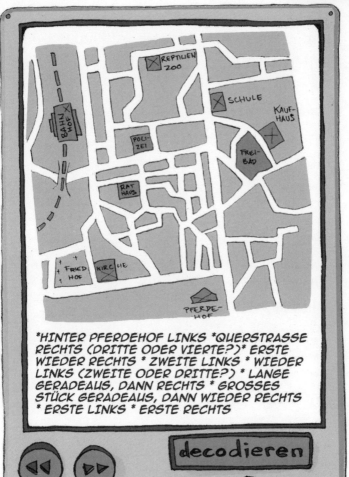

*HINTER PFERDEHOF LINKS *QUERSTRASSE RECHTS (DRITTE ODER VIERTE?)* ERSTE WIEDER RECHTS * ZWEITE LINKS * WIEDER LINKS (ZWEITE ODER DRITTE?) * LANGE GERADEAUS, DANN RECHTS * GROSSES STÜCK GERADEAUS, DANN WIEDER RECHTS * ERSTE LINKS * ERSTE RECHTS

decodieren

Er konnte genau nachvollziehen, wo sie entlanggelaufen waren, und hoffte, so herauszufinden, vor welchem Haus sie standen.

Schnell machte er ein paar Notizen auf dem Bildschirm des Mini-Computers und verfolgte dann die Strecke, die sie zurückgelegt hatten.

FRAGE AN DICH

Vor welchem Gebäude steht das Tiger-Team?

TIGER-TEAM TIPP

Wenn du es nicht herausfindest, lege deinen Decoder an.

VORSICHT, FALLE!

„He, Leute", rief Luk erschrocken, wurde aber sofort von einem energischen „Sssst!" seiner Freunde gestoppt. „Ich … ich habe was Wichtiges herausgefunden!", begann der Junge erneut.

Aber er hatte keine Chance. „Klappe zu", zischte Biggi.

In der Zwischenzeit war es dem Unbekannten gelungen, das Schloss zu knacken und die Tür zu öffnen. Er verschwand im Innern des Gebäudes. Gleich darauf hörten die drei Tiger, wie Glas zersplitterte. Dann kam die dunkle Gestalt ohne Koffer zurück. „Er hat ihn drinnen versteckt!", wisperte Patrick.

Der Unbekannte vergewisserte sich noch einmal, dass niemand ihn beobachtet hatte, und verschwand in der Dunkelheit.

„Los, hinein … er hat die Tür offen gelassen!", kommandierte Biggi.

„Nein, wartet noch", versuchte Luk seine Freunde zu bremsen.

„Falls du zu feige bist, kannst du auch hier warten!", giftete Biggi ihn an.

„Manchmal bist du die dämlichste Pute der Welt!", schnauzte Luk wütend zurück.

Da Biggi nichts Besseres einfiel, streckte sie Luk einfach die Zunge heraus und schlich geduckt los. Sie huschte an der Hauswand entlang bis zu der Metalltür. Patrick hielt sich dicht hinter ihr. Luk folgte nur widerstrebend.

Biggi packte die Klinke und zog die Tür auf. Sie streckte die Hand nach hinten und verlangte: „Los, Taschenlampe!" Luk holte eine aus seiner Spezialtasche und reichte sie Biggi, die neugierig ins Innere des Hauses leuchtete. Der Lichtschein fiel auf Terrarien, die Schlangen und andere Reptilien beherbergten. Sie gingen zur nächsten Tür.

Plötzlich spürte Luk, wie ihm jemand ohne Vorwarnung von hinten eine Pistole in den

Rücken drückte. „Rein da … keinen Laut!",
zischte eine raue Stimme hinter ihm. Der
Junge hob die Arme und machte einige steife
Schritte nach vorn.

„He, was soll das?", protestierte Biggi, als er gegen sie stieß.

„Schnauze … ich habe eine Knarre im Rücken!", stöhnte Luk. „Geh schon … los … Und Patrick, du auch!"

„Nicht umdrehen!", zischte die Stimme.

Kaum waren die drei durch die Tür, wurde sie auch schon hinter ihnen zugeschlagen und von außen versperrt.

Nach ein paar Schrecksekunden begannen die Tiger zu schreien und mit den Fäusten gegen die Tür zu schlagen.

„Hoffentlich … hört uns jemand", keuchte Luk und trommelte weiter, aber niemand kam, um sie zu befreien.

„Das … das war eine Falle", krächzte Biggi. „Der Typ hat uns das alles nur vorgespielt, um uns hier einzusperren!"

„Sehr schlau, Frau Oberstudienrätin!", lästerte Luk. „Kommst du da auch schon drauf! Ich bin echt beeindruckt!"

„Wo … wo sind wir hier überhaupt?", wollte Patrick wissen.

Biggi hob die Taschenlampe auf und leuchtete den Raum ab.

„Noch mehr Reptilien. Und ganz schön große Schlangen", rief sie plötzlich entsetzt und drängte sich zwischen die Jungen.

„Reg dich ab! Das ist der Reptilienzoo. Die Schlangen sind alle hinter Glas!", erklärte Luk, der neben der Tür einen Lichtschalter entdeckt hatte. Er knipste ihn an, woraufhin zahlreiche Lampen angingen und den Raum hell erleuchteten. „Wir sind nicht im Besucherraum, wir sind in einem Gang hinter den Glaskäfigen … wo die Tierpfleger arbeiten", stellte er fest. Und noch etwas bemerkte er: An beiden Enden des Ganges befanden sich Türen. Die rechte Längsseite wurde von der Hausmauer begrenzt, an der linken bildeten die Terrarien eine gläserne Wand.

„Aber da … seht nur!" Biggi konnte vor

Aufregung kaum noch sprechen. Erst jetzt erkannten die Jungen, was geschehen war.

Der Unbekannte hatte mit dem Metallkoffer das Glas eines Terrariums zerschlagen, und eine lange, dicke Schlange glitt heraus. Mit weit aufgerissenen Augen starrte Biggi sie an, wie sie scheinbar träge über den Boden kroch.

„Die … ist sicher giftig … sie wird uns beißen … und … töten!", japste Biggi in Panik.

Was war das nur für eine Schlange? Luk hatte in seinem Computer-Notizblock ein Lexikon gespeichert, in dem er gerne nachgesehen hätte. Aber dafür war nicht genug Zeit. Die Schlange kam rasch näher.

„Ich … ich weiß alles über das Vieh!", keuchte Patrick plötzlich.

„Häää … wie denn?", fragte Luk überrascht.

FRAGE AN DICH

Ist die Schlange giftig?

UND JETZT?

Das Tiger-Team war von dem Anblick der Schlange wie hypnotisiert. Luk, Patrick und Biggi pressten sich gegen die Wand und konnten den Blick nicht von dem Reptil wenden, das immer näher glitt.

„Nicht … nicht bewegen!", warnte Luk. „Sonst erschrickt sie und … spuckt Gift. Wenn ihr das in die Augen bekommt, werdet ihr blind!"

Biggi biss sich heftig auf die Unterlippe.

„Hi…Hi…Hilfe", jammerte Patrick.

„Hör mit dem Gejaule auf", schnauzte Biggi ihn an. „Davon verschwindet das Biest auch nicht!"

Patrick verschränkte die Finger und ließ seine Knöchel knacken. Etwas anderes fiel ihm im Augenblick nicht ein.

„Kannst du die Schlange nicht einfach packen und festhalten?", fragte Biggi.

„Festhalten ist kein Problem", erwiderte Patrick, „aber bis ich sie gepackt habe, hat sie mir bestimmt schon das Gift ins Gesicht gespuckt!"

Luk kramte in seiner Spezialtasche und suchte verzweifelt nach irgendetwas, mit dem er sich und seine Freunde gegen die Speikobra verteidigen konnte. Halt … da war etwas. Schnell ließ er seine Hand in eine Innentasche gleiten und zog einen zusammengeschobenen Schirm heraus. Er ließ ihn aufklappen und hielt ihn wie einen Schild vor die Schlange, die nur noch drei Schritte von ihnen entfernt war.

Blitzschnell richtete sich die Kobra auf,

weil sie sich angegrif-
fen fühlte, und spuckte
einen Strahl Gift auf Luk. Die
Flüssigkeit klatschte gegen den Schirm
und ließ die Tiger erschrocken

92

zusammenzucken. Noch zweimal spuckte die Kobra, bevor sie sich lautlos unter eine Kiste zurückzog.

„Entwarnung!", rief Luk. „Ich habe im Fernsehen einen Bericht über Speikobras gesehen. Sie können nur ein paarmal spucken, dann müssen sie eine Pause machen!"

„Wie kommen wir hier nur raus?", fragte Patrick leise, nachdem er festgestellt hatte, dass auch die Tür am anderen Ende des Ganges versperrt war.

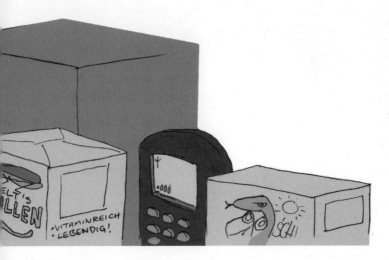

Biggi sah sich aufmerksam um. Dann hatte sie eine Idee. „He … ich weiß, wie wir rauskommen!", verkündete sie.

FRAGE AN DICH

Wie kommt ihr aus dem Reptilienzoo?

DAS RÄTSELHAFTE TELEFONGESPRÄCH

Eine halbe Stunde musste das Tiger-Team noch in dem Raum mit der Speikobra verbringen, bis die drei endlich das Klicken eines Schlüssels in der Metalltür hörten.

In der ganzen Zeit hatte keiner der drei die Schlange auch nur für einen Moment aus den Augen gelassen.

„Hallo … ist da wirklich jemand drinnen?", rief der Direktor des Reptilienzoos von draußen.

„Ja, bitte, machen Sie schnell!", drängten die Tiger.

„Das Schloss … jemand hat es zerstört … es steckt ein abgebrochener Schlüssel drin", meldete der Direktor beunruhigt. „Aber keine Sorge, ich komme von der anderen Seite des Ganges."

Kurz darauf ging endlich die Tür auf, und

ein kleiner, drahtiger Mann mit einer spiegelnden Glatze stand vor den drei Freunden. Er scheuchte sie aus dem Raum und nahm dann eine Stange mit einer Lederschlinge an der Spitze von der Wand. Geschickt fing er damit die Schlange ein. „Heute Nacht wirst du dir einen Käfig mit Sibilla teilen", sagte er liebevoll und ließ die Speikobra in ein anderes Terrarium gleiten. Danach rief er die Tiger zurück.

„Was habt ihr hier mitten in der Nacht zu suchen?", wollte er wissen. „Wie seid ihr überhaupt hier hereingekommen? Und warum ist das Terrarium kaputt?"

Biggi lächelte den freundlichen Mann entschuldigend an und meinte: „Wir erklären Ihnen das alles später. Aber jetzt müssen wir sofort zum Gestüt zurück. Diese ganze Aktion sollte uns nur fortlocken, damit Elke und ihr Komplize freie Bahn haben!"

Die drei Detektive stürmten los und ließen

den völlig verdutzten Direktor ziemlich ratlos zurück.

Es war bereits nach ein Uhr in der Nacht, als sie den Hof erreichten. Auf dem großen Platz zwischen Gutshaus, Stall und Scheune sahen sie sich suchend um. Alle schienen zu schlafen. Nirgendwo brannte Licht, und weder aus der Scheune noch aus dem Stall drang ein ungewöhnliches Geräusch.

Wütend stampfte Biggi mit dem Fuß auf und fluchte: „Mist! Der Typ ist uns durch die Lappen gegangen. Er hat uns ausgetrickst. Eine schöne Schlappe ist das!"

„Das Tonbandgerät … kannst du es holen?", fragte Luk. „Vielleicht hat es etwas aufgenommen!"

Biggi nickte und schlich zur Hintertür. Sie war noch immer nicht abgeschlossen, doch das Licht in der Küche hatte jemand ausgemacht. Schnell fischte Biggi den winzigen Kassettenrecorder hinter den Salz- und

Pfefferstreuern hervor und eilte damit zu den wartenden Freunden zurück.

„Ja ... es ist was drauf!", meldete Luk aufgeregt.

„Wo hören wir uns das Band an?", fragte Patrick.

„Hat das nicht bis morgen Zeit?", wollte Biggi wissen. „Ich bin todmüde und hätte nichts gegen ein kleines Treffen mit den Bettwanzen einzuwenden. Ich will in die Falle." Den Jungen ging es nicht anders.

Deshalb beschlossen die Tiger, erst mal nach Hause zu gehen und sich am nächsten Morgen gleich um neun Uhr im Geheimversteck zu treffen.

Als Patrick und Biggi am anderen Tag pünktlich durch die versteckte Tür hinter dem goldenen Tiger des China-Restaurants schlüpften, war Luk schon dort.

Er hatte das Tonband bereits einige Male

abgehört und jedes Wort niedergeschrieben, das er verstehen konnte. Jetzt brütete er über seinen Notizen und versuchte verzweifelt, daraus schlau zu werden.

„Und …? Was ist?" Seine Tiger-Freunde blickten ihn gespannt an.

Luk machte ein ratloses Gesicht. „Ich habe eine gute und eine schlechte Nachricht. Die gute ist, der Typ am anderen Ende der Leitung hat so laut gesprochen, dass ich seine

Stimme ebenfalls auf Band habe. Allerdings nur schwach. Die schlechte ist, ich kapiere überhaupt nicht, wovon die zwei reden. Werdet ihr daraus klug?" Damit drückte er die Play-Taste und spielte die Aufnahme ab.

„Häääää?", war das Einzige, was Biggi und Patrick zu diesem Telefonat einfiel.

„Es handelt sich zweifellos

Was der wo die ich sie finden. Transporter außer Pferd nichts. Dem war im nicht kann Ware? Ist Quatsch? Soll.

um eine verschlüsselte Botschaft", erklärte Luk. Er hatte seine Brille abgenommen und polierte wieder heftig die Gläser. „Mir ist aufgefallen, dass es sehr lange dauerte, bis der Typ am anderen Ende der Leitung geantwortet hat. Das bedeutet, er musste seine Sätze erst verschlüsseln. Wahrscheinlich hat er sie sogar aufgeschrieben und dann abgelesen."

„Aber was soll der Quatsch bedeuten?", wollte Patrick wissen.

Die drei Tiger beugten sich über Luks

Notizen und starrten auf die Wörter, die so sinnlos aneinandergereiht schienen. „Es muss einen Trick geben, wie man sie in die richtige Reihenfolge bringt. Wenn wir den herausfinden, können wir die Nachricht lesen und sind einen riesigen Schritt weiter", murmelte Luk.

Das Tiger-Team versuchte alles Mögliche, aber zunächst hatten sie kein Glück.

Schließlich war es Biggi, die den Trick entdeckte. Allerdings musste sie vorher zwei ganze Tüten Haselnüsse auffuttern!

FRAGE AN DICH

Wie funktioniert der Trick, und was bedeutet die Botschaft?

DIE SACHE WIRD HEISS

Die drei vom Tiger-Team warfen einander fragende Blicke zu.

„Kapiert ihr das?", wollte Patrick wissen.

Luk kritzelte wild auf dem Bildschirm seines Computer-Notizblocks herum, auf seiner Stirn hatten sich tiefe Denkfalten gebildet. „Biggi, dieses Pferd … Phantom … seit wann ist es auf dem Hof?"

Biggi überlegte kurz. „Es ist vor ein paar Tagen angekommen."

„Und es wurde in einem normalen Pferdehänger gebracht?", forschte Luk weiter.

Biggi nickte.

„Und woher ist Phantom gekommen?"

„Aus Holland … ja, aus Amsterdam", erzählte Biggi. „Aber wieso ist das so wichtig?"

Luk rückte seine Brille zurecht und erklärte: „Leute, dank Biggis großer Liebe zu Pferden scheinen wir einem Schmugglerring auf die Spur gekommen zu sein. Jedenfalls hört sich das Telefongespräch danach an. Jemand auf dem Gestüt gehört zu dieser Bande."

Patrick riss die Augen auf. „Aber was wird geschmuggelt, und wie wird es geschmuggelt?"

Luk zuckte die Schultern. „Da fragst du mich zu viel. Fest steht, dass sehr komplizierte Wege gewählt werden, damit bei einer Fahndung nichts entdeckt werden kann."

Biggi überflog hastig die Übersetzung des Telefongesprächs, und plötzlich wurde sie ganz aufgeregt: „He … erinnert ihr euch an die rasierte Stelle am Bauch von Phantom? Ich hatte euch doch davon erzählt, und sie muss irgendwie sehr wichtig sein. Der Typ am Telefon spricht davon. Außerdem faselt er etwas von UV. Was soll das bedeuten?"

Luk hob die Augenbrauen und stieß einen langen Pfiff aus. Er holte ein Buch aus dem Regal und blätterte darin. „Davon habe ich schon einmal gehört", sagte er. „Agenten haben früher diesen Trick angewendet. Sie haben ein Stück auf ihrem Kopf kahl rasiert und sich wichtige Geheimbotschaften in die Kopfhaut tätowieren lassen. Danach ließen sie die Haare wieder wachsen, und die Nachricht war verdeckt. Wurden sie geschnappt, konnte man trotz genauester Untersuchung nichts bei ihnen finden!"

Biggi zweifelte dennoch: „Bei Phantom ist aber nichts zu sehen. Die Stelle ist nur kahl."

Auch dafür hatte Luk eine Erklärung: „Die Nachricht ist mit einer Spezialtinte geschrieben, die nur unter UV-Licht sichtbar wird. Los, wir müssen auf den Rummelplatz und uns so eine Lampe besorgen!"

Obwohl Biggi und Patrick keine Ahnung hatten, was ihr Freund vorhatte, folgten sie ihm.

Und sie kamen aus dem Staunen nicht heraus, als er auf dem Rummelplatz direkt zur Geisterbahn ging und einige Worte mit der Frau an der Kasse wechselte. „Mitkommen!", rief er ihnen dann zu und lief zu Fuß in das Geisterreich. „Es ist zurzeit niemand drin, und wir dürfen uns für einige Zeit eine ausborgen!"

„Luk dreht durch!", stellte Biggi trocken fest und tappte zaghaft durch die breite Flügeltür in die Dunkelheit. Patrick wartete lieber draußen.

Rund um Biggi heulte und wimmerte es aus vielen Lautsprechern. Über ihrem Kopf spannte sich ein knallgelbes Spinnennetz, in dem eine giftgrüne Spinne krabbelte.

„Was tust du da?", fragte Biggi ungeduldig, als sie sah, wie Luk sich neben dem Spinnennetz zu schaffen machte.

„Die Frau an der Kasse ist unsere Nachbarin, und sie hat gesagt, ich darf mir die Lampe ausborgen!"

Er hatte eine Art Heizstrahler in den Hän-

den, in dem blaue Neonröhren brannten.
„Das ist ultraviolettes Licht", erklärte er Biggi. „Das Spinnennetz und die Spinne sind mit einer Spezialfarbe bemalt, die nur in diesem Licht leuchtet."

Und tatsächlich – sobald Luk den seltsamen Strahler ausgeschaltet hatte, war von der Gruselspinne und ihrem Netz nichts mehr zu

erkennen. Die Decke der Geisterbahn war schwarz und leer.

„Die Lampe muss kurz auskühlen, dann können wir sie zum Gestüt bringen", sagte Luk. „Ich wette, wir werden dort eine riesige Überraschung erleben."

Als die beiden wieder aus der Geisterbahn kamen, deutete Biggi aufgeregt zur Schießbude gegenüber und flüsterte Luk und Patrick zu: „Seht ihr die junge Frau, die dort lehnt? Das ist Elke!"

Luk zögerte. „Und … was machen wir jetzt?" Er verstaute die Lampe in seiner Spezialtasche.

„Wir knöpfen sie uns vor", entschied Biggi. Sie gab Patrick ein Zeichen, sich von hinten an Elke heranzuschleichen und ihr den Weg abzuschneiden, falls sie flüchten wollte.

Luk und Biggi gingen von vorn auf die Frau zu. „Hallo Elke!", begrüßte Biggi sie laut. Die junge Frau, die ein enges Lederkos-

tüm trug, blickte erschrocken auf. „Ha…
ha…hallo … Du bist doch Biggi … nicht?"

„Ja, die bin ich. Und Sie haben Belladonna
entführt!", kam Biggi sofort auf den Punkt.
Sie wollte sehen, wie Elke reagierte.

„Entführt? Ich? Du hast ja nicht alle Tassen
im Schrank, Kindchen!", erwiderte Elke. „Es
war ganz anders … *Ich* bin entführt worden …
samt Belladonna. Als wir durch die Schlucht
geritten sind, hat sich plötzlich jemand von
einem Felsvorsprung auf mich gestürzt. Er ist
hinter mir auf den Rücken des Pferds gesprungen und hat mir einen stinkenden Sack
über den Kopf gezogen. Außerdem hat er mir
eine Pistole in den Rücken gedrückt. Er hat
kein Wort gesagt und einfach die Zügel über-
nommen. Dann hat er Belladonna rückwärts
aus der Schlucht treten lassen und ist zu einer
Höhle geritten. Dort hat er mich zu Boden ge-
zerrt und gefesselt. Außerdem hat er mir
auch noch durch den Stoff des Sacks einen

Knebel in den Mund gestopft. Ich habe geglaubt, ich müsste ersticken. Erst lange Zeit später seid ihr dann in die Höhle gekommen. Aber ihr habt mich nicht bemerkt, weil ich weder rufen noch irgendein Zeichen geben konnte."

Die drei Tiger warfen einander fragende Blicke zu. Die Geschichte klang glaubwürdig. Sollten sie sich geirrt haben?

„Aber wie haben Sie sich dann befreit?", wollte Patrick wissen.

„Ich habe an einer Felskante meine Fesseln durchgescheuert und bin geflohen", berichtete Elke.

„Und wieso ... sind Sie nicht sofort zur Polizei?", fragte Biggi weiter.

Elke brach in Tränen aus. „Der Schock ... der Schock ist so schlimm. Außerdem ... ich traue mich nicht, ihn anzuzeigen ... obwohl er ... er ..."

„Wer *er*?", fragten die Tiger im Chor.

„Naja ... der Mann, der mich entführt hat. Er wird alles abstreiten ... das wette ich...!"

„Nun sagen Sie endlich, um wen es sich handelt", drängte Luk.

„Es ist Herr Guttmann persönlich", verkündete Elke.

Biggi biss sich auf die Lippen. Bisher war ihr Herr Guttmann sehr sympathisch erschienen. Sie konnte sich nicht vorstellen, dass er ein Gauner war. Aber vielleicht verstellte er sich auch nur geschickt?

„Das war kein Lausbubenstreich! Herr Guttmann ist Mitglied eines Schmugglerrings, aber wir werden vor ihm herausfinden, wo sich die Ware befindet!", triumphierte Patrick.

Diesmal trat ihm Luk mit voller Kraft auf die Zehen. „Schnauze!", zischte er wütend.

Elke murmelte etwas von „ich muss weiter", verabschiedete sich hastig und verschwand.

„Blödmann!", schimpfte Luk mit Patrick.

„Dein Hirn scheint sich komplett in Muskeln verwandelt zu haben. Jetzt weiß sie alles!"

Patrick funkelte seinen Freund wütend an. „Ich bin kein Blödmann, und wieso hätte ich den Mund halten sollen, Herr Superschlau?"

„Weil Elke uns soeben eine faustdicke Lüge aufgetischt hat", knurrte Luk. „Ich wette, sie hat uns verfolgt, um herauszufinden, was wir vorhaben!"

FRAGE AN DICH

Welche Lüge meint Luk?

TEMPO!

Patrick verdrehte die Augen. Er hätte sich vor Wut ohrfeigen können, weil er Elkes Lüge nicht erkannt hatte.

„Oh Mann, ich bin so sauer auf mich", schimpfte er leise vor sich hin.

„Das hilft jetzt auch nichts mehr!", rief Luk. „Komm endlich. Wir müssen sofort zum Gestüt!"

Das Tiger-Team hatte eine gemeinsame „Fall-Kasse", in die jeder einen Teil seines Taschengelds einzahlte. Von diesem Geld beschlossen sie jetzt, ein Taxi zum Hof zu bezahlen, denn es würde viel zu lange dauern, die Räder zu holen.

Zweiundzwanzig Minuten später trafen sie auf dem Gestüt ein, und ihr erster Weg führte sie sofort in den Stall. Biggi besorgte ein Verlängerungskabel, damit Luk die UV-Lampe anschließen konnte, und kümmerte sich danach um Phantom. Das Pferd spürte, dass etwas Ungewöhnliches passierte, und wurde unruhig.

„Halte den Gaul fest!", rief Luk warnend. „Wenn er die Lampe mit den Hufen zerschlägt, ist alles aus!"

Es dauerte eine Weile, bis die Leuchtröhren wieder das seltsame blaue Licht abstrahlten und Luk damit auf die rasierte Stelle an Phantoms Bauch leuchten konnte, wo schon wieder die ersten Haare sprossen.

„Ich glaub, mich knutscht ein Wildschwein!", keuchte Patrick, als dort tatsächlich Buchstaben aufleuchteten. „Luk, du bist ein Genie … manchmal zumindest", lobte er seinen Freund. „Halt keine Lobreden, sondern schreib die Buchstaben auf meinen Computer-Notizblock!", erwiderte Luk.

„Mensch, das ist schon wieder eine verschlüsselte Botschaft", stöhnte der Junge. „Wie sollen wir die entschlüsseln?"

„Bist du endlich fertig?", knurrte Luk, der es unter Phantoms Bauch zwischen den harten Hufen nicht gerade gemütlich fand.

„Ja!", verkündete Patrick endlich.

Luk schlüpfte aus der Box, und in der nächsten Sekunde trat Phantom ungeduldig und heftig gegen die Bretterwand. „Das war knapp!", stöhnte Luk.

„Und jetzt … was machen wir jetzt?", wollte Biggi wissen.

„Jetzt düsen wir in unser Geheimversteck. Da habe ich jede Menge Bücher über Geheimcodes. Vielleicht finde ich heraus, wie wir

diesen Buchstabensalat entwirren können",
erklärte Luk.

Später kauerten die drei Tiger auf dem Boden
ihres Verstecks und blätterten in Luks klugen
Büchern. Biggi verspeiste dabei eine Früh-

lingsrolle nach der anderen, und Patrick
stemmte lässig mit einer Hand Gewichte.

„Ich hab's … das könnte die Lösung sein!",
rief Luk plötzlich. Er sprang auf und suchte
kariertes Papier und eine Schere. Daraus bas-

telte er schnell ein seltsames Gitter, das er auf den Bildschirm seines Notiz-Computers legte. „Gleich werden wir alles wissen!", verkündete er.

FRAGE AN DICH

Das Codegitter hast du auch. Wie kann man damit die Botschaft entschlüsseln?

SO EINE PLEITE!

Bestellte Ware in Pokal, Wert 10 Millionen!, lautete die entschlüsselte Geheimbotschaft.

Das Tiger-Team musste zugeben, dass die Schmuggler wirklich auf Nummer sicher gegangen waren. Niemand würde auf die Idee kommen, in den Pokalen eines Champion-Pferds Schmuggelgut zu suchen.

„Wir müssen sofort wieder zurück zum Gestüt!", rief Luk. „Elke und ihr Komplize dürfen uns nicht zuvorkommen und das Zeug verschwinden lassen."

„Was für ein Zeug ist das überhaupt?", wollte Patrick wissen.

„Egal!", meinte Luk.

Wieder leistete sich das Tiger-Team den Luxus einer Taxifahrt. Sie waren so knapp vor dem Ziel, da durften sie keine Zeit verlieren. Sie wollten den Ganoven unbedingt zuvorkommen.

„Wo sind Phantoms Pokale?", fragte Luk unterwegs.

Biggi vermutete sie im Büro der Guttmanns. Dort gab es mehrere hohe Regale, die mit Trophäen vollgestellt waren.

Als die drei Tiger am Gestüt ankamen, fiel ihnen sofort die gespenstische Stille auf.

Biggi entdeckte einen Zettel an der Eingangstür des Gutshauses und las ihn laut vor: *„Heute kein Reitunterricht!"* In den zwei Stunden, die sie mit der Entschlüsselung der Botschaft zugebracht hatten, war etwas geschehen. Aber was?

Biggi lief in den Stall und machte eine entsetzliche Entdeckung. Phantom war nicht mehr in seiner Box. Hatte Elke ihn weggebracht?

„Egal wie, aber wir müssen in das Büro!", erklärte Luk. Da die vordere Tür abgesperrt war, versuchten es die Tiger an der Hintertür. Sie war offen, wie immer. Auf dem Küchen-

tisch lag ein Brief, dessen Text aus ausgeschnittenen Zeitungsbuchstaben zusammen-
geklebt war.

„Alles klar! Elke und ihr Komplize haben
das Pferd entführt und die Leute vom Gestüt
weggelockt, damit sie hier freie Bahn haben",
kombinierte Biggi. „Los, die Gauner können

jeden Moment zurück sein. Wir brauchen den Pokal mit dem geschmuggelten Zeug!"

Die drei rannten aus der Küche in den großen Vorraum, und Biggi zeigte ihnen die Tür zum Büro. „Ich komme sofort!", sagte Luk und kramte wieder einmal in seiner Spezialtasche.

„Chaos-Heini, gib auf! Du findest in diesem Durcheinander ja doch nichts, und wir haben keine Minute zu verlieren!", drängte Biggi.

„Jajaja, dann geht schon vor!", brummte Luk.

Biggi und Patrick ließen sich das nicht zweimal sagen. Sie liefen ins Büro, und Biggi zeigte auf die Regale, in denen sich ein Pokal an den anderen reihte. „Los, such die Dinger raus, auf denen *Phantom* steht!", trug sie Patrick auf.

Prüfend musterte der Junge die hohen Marmorsockel, auf denen die Trophäen befestigt waren, und hatte Phantoms Pokale bald entdeckt. Es waren neun Stück!

„Und … was ist?", wollte Luk wissen, als auch er das Büro betrat.

„Volle Pleite!", stellte Patrick enttäuscht fest. „In den Dingern ist nur Staub!"

„Häää?" Luk begann wieder heftig seine Brille zu putzen. „Wie gibt es denn so was?"

Biggi schäumte vor Wut. „Wir sind einer falschen Spur gefolgt."

Plötzlich erhellte sich Luks Miene. „Nein, sind wir nicht! Wir müssen nur genauer suchen. Die Schmuggelware ist in den Marmorsockeln der Pokale!" Er nahm sie der Reihe nach aus dem Regal und drehte jeden einzelnen um. Endlich hatte er etwas entdeckt. Luk deutete auf ein Loch im Marmor, das mit Gips verschlossen worden war. Mit einer Schere stieß er mehrere Male heftig auf den Gips, bis der zerbrach. Luk holte tief Luft. Im Stein war tatsächlich ein Hohlraum. Er fuhr mit dem Finger hinein und spürte etwas. „Wir haben das Zeug!", verkündete er stolz.

„Nicht mehr lange!", ertönte da hinter ihnen eine Frauenstimme. „Keine Bewegung! Dreht euch nicht um und streckt brav die Hände in die Luft!", befahl sie.

Die Nachmittagssonne warf zwei Schatten an die Wand. Der eine gehörte zweifellos Elke, der andere offenbar ihrem Komplizen.

„Müsst ihr eure Nasen auch überall reinstecken?", fragte die junge Frau vorwurfsvoll. „Leider sind wir jetzt gezwungen, euch auf eine längere Reise zu schicken, von der ihr erst in ein paar Jahren zurückkommen werdet. Falls überhaupt."

Den drei Tigern trat der Angstschweiß auf die Stirn, und die Knie wurden ihnen weich. Sie saßen schön in der Tinte. Gegen die Gauner hatten sie keine Chance, denn Elke war bewaffnet.

Biggi wollte den Kopf zu Luk drehen, aber

Elke bemerkte es sofort. „Keine Bewegung, habe ich gesagt!", fuhr sie das Mädchen an.

Mit langsamen Schritten kamen die beiden Schmuggler auf das Tiger-Team zu.

FRAGE AN DICH

Wer ist Elkes Komplize:
Marc, Konrad oder
einer der Guttmanns?

Für jede richtige
Antwort bekommst
du einen Punkt!

MEISTERDETEKTIV-FRAGE

Was ist in den
Marmorsockeln?

DECODIEREN

DECODIEREN

HÄNDE HOCH!

„Mist ... Mist ... Mist!", fluchte Biggi im Stillen. Wieso waren sie so leichtsinnig gewesen?

Hinter dem Tiger-Team wurde getuschelt.

„Wir könnten sie auch in der Höhle verschwinden lassen", schlug Elke vor.

„Nein, wir ... betäuben sie und schaffen sie ins Ausland, das ist sicherer", meinte Marc.

Patrick spannte immer wieder seine Muskeln an. Wenn er einen der beiden Gauner zu fassen bekam, würde er Mus aus ihm machen. Aber er konnte sie nicht schnappen, da sie eine Pistole hatten. Aus den Augenwinkeln schielte er zu Luk hinüber, doch der schien verdächtig ruhig zu sein. Normalerweise zuckte er immer mit den Augenbrauen, wenn er sehr aufgeregt war.

„Los, wir gehen!", befahl Elke.

Plötzlich krümmte sich Luk und presste die Hände auf den Bauch. „Aua ... Hilfe ...

ich … ich kann nicht!", stöhnte er, sank zu Boden und wand sich vor Schmerz.

„Aufstehen! Spiel kein Theater!", herrschte Elke ihn an.

Da ertönten draußen plötzlich Polizeisirenen. Autos fuhren vor und hielten mit quietschenden Bremsen. Türen schlugen, und über Lautsprecher kam eine Stimme: „Hier

spricht die Polizei. Geben Sie auf, Sie sind umstellt!"

„Polente!", rief Elke erschrocken. In Panik stürzten sie und ihr Komplize ans Fenster. Genau auf so einen Moment hatte Patrick nur gewartet. Er riss der Frau die Pistole aus der Hand und drehte ihr die Arme auf den Rücken. Biggi und Luk übernahmen Marc und konnten ihn gemeinsam überwältigen.

„Und jetzt?", fragte Biggi keuchend.

„Jetzt rufen wir die Polizei wirklich", erwiderte Luk leise. „Ich habe vorhin nämlich nur meinen großen Kassettenrekorder per Fernsteuerung eingeschaltet. Er ist draußen im Vorraum versteckt. Ich habe die Kassette mit dem Polizeieinsatz eingelegt, die ich vor Kurzem bei einem Fernsehkrimi aufgenommen habe."

Eine halbe Stunde später herrschte Großeinsatz auf dem Gestüt. Elke und Marc wurden festgenommen, die gestohlenen Diamanten sichergestellt.

„Diese Frau und den Mann haben wir schon lange gesucht", erzählte ein Polizist. „Sie verkaufen hier Sachen, die im Ausland gestohlen wurden. Die beiden gehören einem Hehlerring an, der für seine Schmuggeltricks bekannt ist. Aber diesmal werden wir den Ring gänzlich zerschlagen, das garantiere ich euch!"

Das Tiger-Team war sehr zufrieden. Die drei Freunde hatten wieder ganze Arbeit geleistet.

Am Abend war endlich Ruhe auf dem Gestüt eingekehrt. Phantom war in der Höhle neben der Wolfsschlucht gefunden worden und stand nun wieder in seiner Box im Stall. Biggi streichelte ihm über die warmen, weichen Nüstern und meinte: „Jetzt ist alles vorbei, guter Junge!"

Kaum hatte sie das gesagt, ertönte hinter ihr ein leises Klopfen. Erschrocken wirbelte sie herum und rief: „Nein … nicht … nicht schon wieder!"

Über dem Rand einer leeren Box tauchten die lachenden Gesichter von Luk und Patrick auf. „War nur ein Scherz!", kicherten sie vergnügt.

„Danke, von Poltergeistern und ähnlichem Spuk habe ich vorläufig genug!"

„Und wenn ein neuer Fall auftaucht?", fragte Luk. „Bist du dabei, oder kneifst du?"

„Kneifen? Ich? Niemals!", rief Biggi empört. „Wie lautet doch unser Motto?"

Und die drei riefen im Chor:

„Wir sind Tiger,
wir sind toll,
lösen jeden Fall,
jawolll!"

Und Phantom wieherte laut, als wollte er ihnen zustimmen!

Übrigens: Der nächste Fall für dich und das Tiger-Team führt nach Norwegen, wo ein geheimnisvolles Geisterflugzeug einige Leute in Angst und Schrecken versetzt ...

DER PFERDE-POLTERGEIST

FALLKARTE

DAS 4. TIGER-TEAM-MITGLIED

(DEIN NAME) LÖSTE DIESEN FALL ...

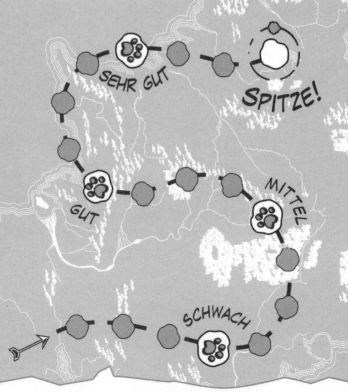

SEHR GUT

SPITZE!

GUT

MITTEL

SCHWACH

TIGER-TEAM
Tipps & Training

DIE GANGARTEN DES PFERDES

Die wertvolle Stute Belladonna war sicher nicht begeistert, als Elke sie in unserem Abenteuer rückwärtsgehen ließ.
Warum nicht?
Weil Pferde Fluchttiere sind und immer nach vorne wollen. Um ein Pferd zum Rückwärtsgehen zu bewegen, muss man schon sehr gut reiten können.

Von Natur aus hat ein Pferd **drei Gangarten**:

1. Den Schritt: Er ist die gebräuchlichste Gangart.

2. Den Trab: Er ist eine mittelschnelle Gangart, in der das Pferd sehr große Strecken zurücklegen kann.

2. Den Galopp: Er ist die schnellste Gangart des Pferdes. Rennpferde können 80 km/h erreichen. Sie sind dann fast so schnell wie ein Auto auf einer Landstraße.

Die Islandponys beherrschen außerdem noch den **Tölt** und den **Pass**.
Der Tölt ist für den Reiter besonders angenehm, denn das Pferd läuft hier ganz ruhig.
Der Pass ist eine Gangart mit Flugphase, das heißt, das Pferd hebt für kurze Momente alle vier Beine vom Boden. Sie wird nur über kurze Strecken geritten.

Du hast eine für euren Fall wichtige Botschaft mit dem GEHEIM-CODE-GITTER entschlüsselt.

Mit diesem Gitter kannst du auch Nachrichten verschlüsseln. Diese Botschaften kann nur jemand lesen, der das gleiche Gitter hat wie du.

• Du legst das Gitter so an, dass die Schrift darauf richtig steht. Dann machst du durch das kleine Loch oben links einen Punkt auf dein Papier und schreibst die ersten Buchstaben deiner Botschaft in die Fenster.

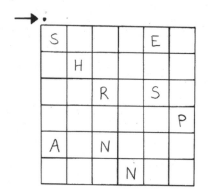

• Wenn du unten angekommen bist, drehst du das Gitter im Uhrzeigersinn so, dass der gezeichnete Punkt im nächsten kleinen Loch erscheint. Dann schreib die nächsten Buchstaben deiner Botschaft in die Fenster.

138

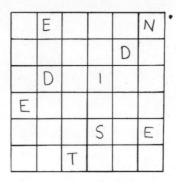

• Danach wieder eine Drehung des Gitters und die nächsten Buchstaben, und das Gleiche ein drittes Mal. Fülle die leeren Kästchen mit willkürlich gewählten Buchstaben.

• Wenn du das Gitter jetzt vom Papier nimmst, siehst du ein wirres Durcheinander von Buchstaben. Nur derjenige, der das gleiche Gitter besitzt wie du, kann diese Botschaft entschlüsseln.

S	E	I	A	E	N
E	H	L	G	D	E
R	D	R	I	S	L
E	T	E	E	X	P
A	Y	N	S	A	E
B	M	T	N	Z	F

Wenn du aber eine längere Botschaft schreiben willst, brauchst du das

TIGER-TEAM-SUPER-CODE-GITTER.

Und das funktioniert so:
Übertrage dieses Gitter auf Karton, am besten ist eine Seitenlänge von 6 x 6 cm, dann ist jedes Kästchen 1 x 1 cm groß. Du kannst die Maße aber auch verdoppeln, wenn du willst. Schneide das Gitter aus, die „leeren" (= dunklen) Kästchen wie angegeben am besten mit einer Nagelschere.

Wichtig: Du musst genau zwischen Vorder- und Rückseite unterscheiden.

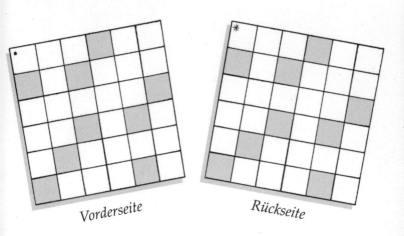

Vorderseite   Rückseite

Ein Punkt **links oben vorne** und ein Stern **links oben auf der Rückseite** zeigen dir, wie du anfangen musst.

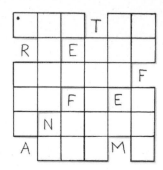

• Um eine Botschaft zu schreiben, lege das Gitter mit der Vorderseite auf, sodass sich der Punkt oben links befindet. Zieh am besten oben entlang des Gitters einen Strich, damit du immer weißt, wie du das Gitter auflegen musst.

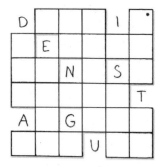

• Schreibe die ersten Buchstaben deiner Botschaft in die ausgeschnittenen Kästchen.
Bist du beim letzten angelangt, drehe das Gitter im Uhrzeigersinn

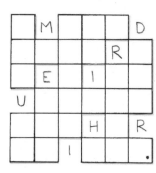

bis zu der gezeichneten Linie und schreibe die nächsten Buchstaben deiner Botschaft in die Kästchen, dann weiter nach rechts drehen und noch einmal.

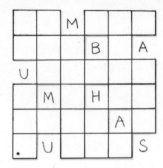

Nun drehe das Gitter um, sodass **der Stern oben rechts** liegt. Schon geht's weiter.

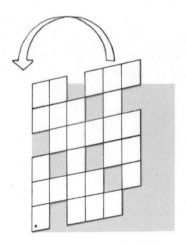

Wichtig:

Fülle auch die Kästchen mit Buchstaben, die du nicht für deine Nachricht brauchst. Das Buchstabenquadrat muss voll sein.

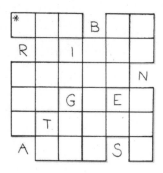

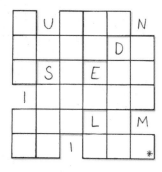

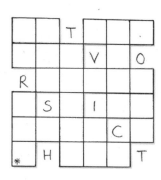

Nur diejenigen, die das gleiche Super-Geheim-Code-Gitter haben, können deine Geheimschrift auch entschlüsseln.

```
D M M T I D
R E E B R A
U E N I S F
U M F H E T
A N G H A R
A U I U M S
```

```
C U T B H N
R E I V D O
R S N E L N
I S G I E A
M T P L C M
A H I E S T
```

**Aber wir haben auch noch andere Möglichkeiten,
Nachrichten zu verschlüsseln, zum Beispiel:**

DIE GEHEIMSCHRIFT-KARTE

Patrick, Luk und Biggi verwenden diese Karte
gerne. Du brauchst ein Stück Karton, in das du
links und rechts zwei kleine Schlitze schneidest.

Durch diese Schlitze ziehst du einen langen Papierstreifen, den du gut hin- und herbewegen kannst.

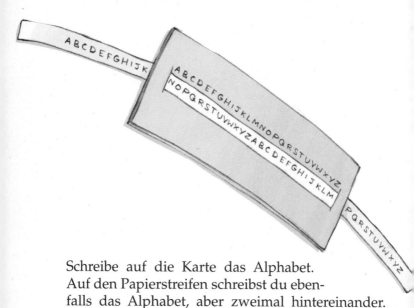

Schreibe auf die Karte das Alphabet.
Auf den Papierstreifen schreibst du ebenfalls das Alphabet, aber zweimal hintereinander.

Die Abstände zwischen den Buchstaben auf der Karte und denen auf dem Streifen müssen immer gleich sein.

Schon kannst du immer wieder neue Codes einstellen.

Die Buchstaben auf der Karte sind die Buchstaben deiner Botschaft. Auf dem Papierstreifen steht der Code-Buchstabe.

Beispiel:

Zieh den Streifen so, dass das N unter dem A ist. Das B ist dann das O, das C ist das P, das D das Q usw. Du kannst es einfach ablesen.

Damit der Empfänger weiß, welchen Code du verwendet hast, mach unter dem N, also dem codierten A, einen kleinen Punkt.

So kann der Empfänger den Decoder einstellen und die Botschaft entschlüsseln.

Oder noch viel einfacher:

Die Zick-Zack-Botschaft

Kannst du auf dem oberen Zettel eine Nachricht erkennen?
Wohl kaum!

Der Trick:
Schreiber und Empfänger brauchen dieselbe Schreibunterlage. Es handelt sich um ein Stück Pappe, auf dessen oberem Rand das Alphabet steht.

Wichtig:
Wenn du das Alphabet aufschreibst, lege ein kariertes Stück Papier so unter die Pappe, dass über jedem Kästchen ein Buchstabe steht.

So schreibst du die Botschaft:
Für jeden Buchstaben deiner Nachricht machst du einen Punkt in dem Kästchen darunter und gehst dabei immer eine Reihe tiefer.
Bist du fertig, verbindest du die Punkte, sodass eine seltsame Zickzacklinie entsteht. Verschicke diese Botschaft – natürlich ohne Alphabet.
Der Empfänger legt sie auf seine Pappe und kann sie so entschlüsseln.

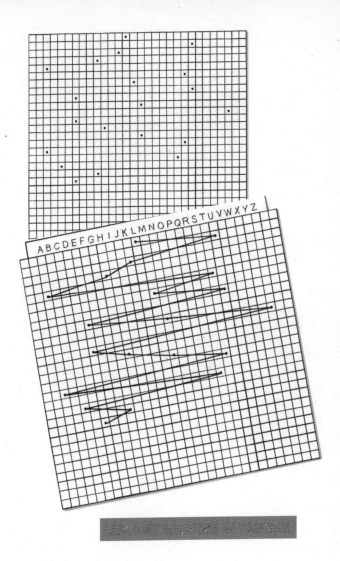

Und nun noch ein paar Trainingsaufgaben für dich:

Was ist los?

Es ist schon spät am Abend. Luk sitzt noch im Geheimversteck des Tiger-Teams, das sich im Keller des Chinarestaurants „Zum Goldenen Tiger" befindet. Luk untersucht unter dem Mikroskop einige Fasern, die den Dieb einer Geldschatulle verraten könnten. Plötzlich stutzt er. Sein Herz pocht schneller, und er beginnt zu schwitzen.

FRAGE AN DICH

Was ist mit Luk los?

Gefährliches Gift

Luk saß mit hochgezogenen Beinen auf dem Toilettendeckel und spielte auf seinem Mini-Computer „Die Eroberung des Planeten Xyros". Bald würde er aber an den Tisch zurückmüssen. Bestimmt wunderten sich die anderen schon, wieso er so lange fortblieb.

Das Tiger-Team war mit Biggis Eltern und ihren Freunden in ein sehr feines Restaurant gegangen. Auf riesigen Tellern waren ihnen ekelige Sachen wie Fischeier, Entenleber und Wachtelbrüstchen vorgesetzt worden. Keiner der drei hatte das Essen angerührt. Frau Borge, Biggis Mutter, war deshalb etwas sauer.

Das Schlimmste aber waren die Freunde von Biggis Eltern. Beide waren hochnäsig und behandelten die Tiger wie Babys.

Luk hatte sich schließlich auf die Toilette zurückgezogen, um ein wenig zu spielen. Er hörte, wie die Tür geöffnet wurde und jemand hereinkam. Der Mann ging die Reihe der Toilettentüren ab und verschwand dann in der hintersten Kabine.

Luk hörte, wie er hektisch eine Nummer in ein Handy eintippte.

„Hallo, ich bin es. Wie lange soll ich noch warten?", hörte Luk ihn leise fragen. Der Tiger unterbrach das Spiel und lauschte.

„Sie haben das Zeug hoffentlich gut verpackt. Ein Tropfen genügt, um einen ganzen See zu vergiften", flüsterte der Unbekannte.

Der Mann war offensichtlich der Meinung, allein auf der Toilette zu sein. Die Türen der Kabinen reichten nicht bis zum Boden. Im breiten Spalt konnte man sehen, ob jemand gerade in der Kabine war. Da Luk im Schneidersitz auf dem Deckel hockte, hatte der Mann ihn nicht bemerkt.

„Ich warte seit einer Stunde. Wann kommt Ihr Bote endlich?", wollte der Mann wissen. Er bekam eine Antwort, die ihn zufriedenstellte.

„Verstehe. In Ordnung. Ich warte weiter. Schlauer Trick übrigens."

Nachdem er das Gespräch beendet hatte, betätigte er die Spülung und verließ die Toilette wieder.

Luk hatte sich runtergebeugt und beobachtete ihn dabei.

Aufgeregt kehrte er an den Tisch von Biggis Eltern zurück, wo er bereits ungeduldig erwartet wurde.

„Wo warst du so lange?", wollte Biggi wissen.

Luk antwortete nicht. Er hatte nach dem Mann Ausschau gehalten und ihn auch entdeckt. Er saß in der hintersten Ecke an einem kleinen Tisch.

Ein zweiter, etwas kleinerer Mann in einem braunen Anzug betrat das Restaurant und ging auf ihn zu. Er trug nichts bei sich und begrüßte den Mann mit einem kräftigen Händedruck.

Die beiden setzen sich und begannen miteinander zu reden. Als der Kellner nach ihren Wünschen fragte, bestellten sie zwei Gläser Wein.

Bevor der Wein aber noch gebracht worden war, stand der Mann, den Luk beobachtet hatte, auf und verließ das Lokal. Er machte einen sehr vergnügten Eindruck.

Obwohl Luk die beiden keine Sekunde aus den Augen gelassen hatte, war ihm nichts aufgefallen. Es hatte keine Übergabe stattgefunden, da war er absolut sicher.

Doch mit einem Schlag fiel es Luk wie Schuppen von den Augen. Er wusste, auf welche Art und Weise das Gift übergeben worden war. Schnell verständigte er die Polizei, die tatsächlich die gefährliche Substanz bei dem Mann fand.

FRAGE AN DICH

Wie wurde das Gift übergeben?

NAME: Thomas – TIGER-TEAM-Fan

MEINE STÄRKEN: Immer
1000 Geschichten im Kopf
(habe schon mehr als 400
Bücher geschrieben)

DAS FINDE ICH SPITZE:
Schreiben, schreiben,
schreiben ..., Uhren sammeln
(ich habe eine Sonnenuhr
für die Hosentasche, eine
Uhr, die rückwärts geht,
und eine Planetenuhr)

MEIN MOTTO: Auf geht's! Überall gibt es
etwas zu entdecken!

Thomas C. Brezinas Romane sind in mehr als 35
Sprachen übersetzt. In China wurde ihm der Titel
„Meister der Abenteuer" verliehen.
Er versteht es, so zu schreiben, dass die Leser in sei-
ne Geschichten bezogen und die Buchhelden zu
Freunden werden, die man immer wieder treffen
möchte.
Seit 1996 ist er UNICEF-Botschafter Österreichs
und tritt für die Rechte der Kinder in aller Welt und
für Schulprojekte ein. 2006 und 2007 wurde er in
Österreich zum Autor des Jahres gewählt.

DAS TIGER-TEAM

AB SOFORT IM HANDEL UN[...]

Ebenfalls erschienen:

Band 1: Im Donnertempel
ISBN 978-3-505-12480-8
Mit Geheimfolie!

Band 2: Der Pferde-Poltergeist
ISBN 978-3-505-12481-5
Mit Geheimcodegitter + Flaggenalphabet!

Band 3: Das Geisterflugzeug
ISBN 978-3-505-12482-2
Mit Lineal + Klopfzeichenkarte!

Band 4: Die Ritter-Robots
ISBN 978-3-505-12483-9
Mit Trickspiegel + magischen Karten!

Band 5: An der Knochenküste
ISBN 978-3-505-12484-6
Mit Rätselteppich + Kompasskarte!

Band 06: Der Fluch des Pharao
ISBN 978-3-505-12485-3
Mit Pyramidenpuzzle + Papyrusrätsel

Band 7: Der Albtraum-Helikopter
ISBN 978-3-505-12486-0
Mit Stadtplan + unsichtbarer Nachricht!

Band 10: Die Monster-Safari
ISBN 978-3-505-12687-1
Mit Safarikarte, Brieftaubenbotschaft + Codefolie!

Band 11: Die Gruselgondel
ISBN 978-3-505-12688-8
Mit Tiger-Team-Geheimzeichen

Band 19: Der Reiter ohne Gesicht
ISBN 978-3-505-12569-0
Mit Sheriffstern + Trick-Drehscheibe!

Band 24: Die Nacht der Ninjas
ISBN 978-3-505-12570-6
Mit Thermometer- + Fühlkarte!

Band 28: Der Geist im Klassenzimmer
ISBN 978-3-505-12584-3
Mit Geisterclubausweis + Geisterfoto!

Band 30: Im Palast der silbernen Panther
ISBN 978-3-505-12689-5
Mit Fotorätsel + Codegitter

Band 35: Das unheimliche Foto
ISBN 978-3-505-12690-1
Mit internationalem Flaggenalphabet
+ Signalflaggen

Band 36: Die weiße Frau
ISBN 978-3-505-12571-3
Mit Flachtaschenlampe + optischer Täuschung!

Band 37: Das Piraten-Logbuch
ISBN 978-3-505-12572-0
Mit Piraten-Logbuch + Schmuckbuchstabenkarte!

Band 43: Der Dämon in der Wunderlampe
ISBN 978-3-505-12479-2
Mit Wunderlampenkarte + Bilderrätselteppich!

Alle Bände:
Mit neuem Decoder,
Hardcover,
ca. 176 Seiten,
€ 8,95 (D)

ABENTEUER WARTET...

AUF WWW.SCHNEIDERBUCH.DE

Thomas C. Brezina
**Ein Fall für dich und das Tiger-Team
Band 44: Der Schlangenfisch**

Hardcover, 176 Seiten, € 8,95 (D)
ISBN 978-3-505-12573-7

**Mit Geldschein-Trickmäppchen
+ optischer Täuschung!**

www.schneiderbuch.de

EGMONT
Verlagsgesellschaften

Schneider Buch